CW00518022

OÙ J'AI LAISSÉ MON ÂME

DU MÊME AUTEUR

Variétés de la mort, Albiana, 2001 ; Babel n° 1275.
Aleph zéro, Albiana, 2002 ; Babel n° 1164.
Dans le secret, Actes Sud, 2007 ; Babel n° 1022.
Balco Atlantico, Actes Sud, 2008 ; Babel n° 1138.
Un dieu un animal, Actes Sud, 2009 (prix Landerneau) ; Babel n° 1113.
Où j'ai laissé mon âme, Actes Sud, 2010 (grand prix Poncetton de la SGDL, prix France Télévisions, prix Initiales, prix Larbaud).
Le Sermon sur la chute de Rome, Actes Sud, 2012 (prix Goncourt) ; Babel n° 1191.
Le Principe, Actes Sud, 2015.

ISBN 978-2-330-01870-2

JÉRÔME FERRARI

OÙ J'AI LAISSÉ MON ÂME

roman

BABEL

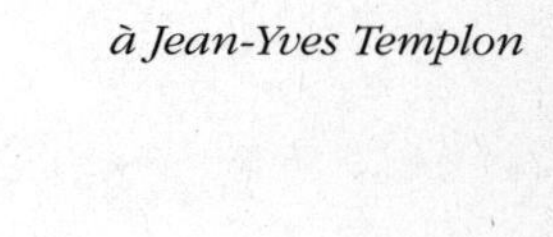

à Jean-Yves Templon

Il dit que même en présence de la lune il ne connaît pas de repos, et qu'il fait un vilain métier. C'est toujours cela qu'il dit quand il ne dort pas ; et quand il dort, il fait toujours le même rêve : il voit un chemin de lune sur lequel il veut s'engager pour continuer de parler avec le prisonnier Ha-Nostri car – c'est ce qu'il affirme – il n'a pas eu le temps de dire tout ce qu'il avait en tête, ce fameux jour d'autrefois, ce 14 du mois printanier de nisan. Mais hélas, quelque chose fait qu'il ne parvient pas à rejoindre ce chemin, et personne ne vient vers lui.

MIKHAÏL BOULGAKOV,
Le Maître et Marguerite.

Je me souviens de vous, mon capitaine, je m'en souviens très bien, et je revois encore distinctement la nuit de désarroi et d'abandon tomber sur vos yeux quand je vous ai appris qu'il s'était pendu. C'était un froid matin de printemps, mon capitaine, c'était il y a si longtemps, et pourtant, un court instant, j'ai vu apparaître devant moi le vieillard que vous êtes finalement devenu. Vous m'aviez demandé comment il était possible que nous ayons laissé un prisonnier aussi important que Tahar sans surveillance, vous aviez répété plusieurs fois, comment est-ce possible ? comme s'il vous fallait absolument comprendre de quelle négligence inconcevable nous nous étions rendus coupables – mais que pouvais-je bien vous répondre ? Alors, je suis resté silencieux, je vous ai souri et vous avez fini par comprendre et j'ai vu la nuit tomber sur vous, vous vous êtes affaissé derrière votre bureau, toutes les années qu'il vous restait à vivre ont couru dans vos veines, elles ont jailli de votre cœur et vous ont submergé, et il y eut soudain devant moi un vieil homme à l'agonie, ou peut-être un petit enfant, un orphelin, oublié au bord d'une longue route désertique. Vous avez posé sur moi vos yeux pleins de ténèbres et j'ai senti le souffle froid de votre haine impuissante, mon capitaine, vous ne m'avez pas fait de reproches, vos lèvres se crispaient pour réprimer le flux acide des mots que vous n'aviez pas le droit de prononcer et votre corps tremblait parce que aucun des élans de révolte qui l'ébranlaient ne pouvait être mené à son terme, la naïveté et l'espoir ne sont pas des excuses, mon capitaine, et vous saviez bien que, pas plus que moi, vous ne pouviez être absous de sa mort. Vous avez baissé les yeux et murmuré, je m'en souviens très bien, vous me l'avez pris, Andreani, vous me l'avez pris, d'une voix brisée, et j'ai eu honte pour vous, qui n'aviez même plus la force de dissimuler l'obscénité de votre chagrin. Quand vous vous êtes ressaisi, vous m'avez fait un geste de la main sans plus me regarder, le même geste dont on congédie les domestiques et les chiens, et vous vous êtes impatienté parce que je prenais le temps de vous saluer, vous avez dit, foutez-moi le camp, lieutenant ! mais j'ai achevé mon salut et j'ai soigneusement effectué un demi-tour réglementaire avant de sortir parce qu'il y a des choses plus importantes que vos états d'âme. J'ai été heureux de me retrouver dans la rue, je vous le confesse, mon capitaine, et d'échapper au spectacle répugnant de vos tourments et de vos luttes perdues d'avance contre vous-même. J'ai respiré l'air pur et j'ai pensé qu'il me faudrait peut-être recommander à l'état-major de vous relever de toutes vos responsabilités, que c'était mon devoir, mais j'ai vite renoncé à cette idée, mon capitaine, car il n'existe pas d'autre vertu que la loyauté. Pourtant, j'avais été si heureux de vous retrouver, vous savez, et je garde l'espoir que, vous aussi, au moins pour un moment, vous en avez été heureux. Nous avions survécu ensemble à tant d'heures difficiles. Mais nul ne sait quelle loi secrète régit les âmes et il est vite devenu évident que vous vous étiez éloigné de moi et que nous ne pouvions plus nous comprendre. Quand j'ai accepté de prendre la tête de cette section spéciale et que je me suis installé avec mes hommes dans la villa, à Saint-Eugène, vous êtes devenu franchement hostile, mon capitaine, je m'en souviens très bien. Je n'ai pas pu me l'expliquer et j'en ai été blessé, je peux vous le dire aujourd'hui, nos missions n'étaient pas différentes au point que vous ayez été autorisé à m'accabler ainsi de votre haine et de votre mépris, nous étions des soldats, mon capitaine, et il ne nous appartenait pas de choisir de quelle façon faire la guerre, moi aussi, j'aurais préféré la faire autrement, vous savez, moi aussi, j'aurais préféré le tumulte et le sang des combats à l'affreuse monotonie de cette chasse au renseignement, mais un tel choix ne nous a pas été offert. Aujourd'hui encore, je me demande par quelle aberration vous avez pu vous persuader que vos actions étaient meilleures que les miennes. Vous aussi, vous avez cherché et obtenu des renseignements, et il n'y a jamais eu qu'une seule méthode pour les obtenir, mon capitaine, vous le savez bien, une seule, et vous l'avez employée, tout comme moi, et l'atroce pureté de cette méthode ne pouvait en aucun cas être compensée par vos scrupules, vos élégances dérisoires, votre bigoterie et vos remords, qui n'ont servi à rien, si ce n'est à vous couvrir de ridicule, et nous tous avec vous. Quand on m'a ordonné de venir prendre en charge Tahar à votre PC d'El-Biar, j'ai caressé un moment l'espoir que la joie d'avoir capturé l'un des chefs de l'ALN vous aurait peut-être rendu plus amical, mais vous ne m'avez pas adressé la parole, vous avez fait sortir Tahar de sa cellule et vous lui avez rendu les honneurs, on l'a conduit vers moi devant une rangée de soldats français qui lui présentaient les armes, à lui, ce terroriste, ce fils de pute, sur votre ordre, et moi, mon capitaine, j'ai dû subir cette honte sans rien dire. Oh, mon capitaine, à quoi bon une telle comédie, et qu'espériez-vous, donc ? Peut-être la reconnaissance de cet homme dont vous vous étiez entiché au point de vous effondrer à l'annonce de sa mort ? Mais vous savez, il n'a pas parlé de vous, pas un mot, il n'a pas dit, le capitaine Degorce est un homme admirable, ni rien de semblable, et je suis persuadé que jamais, vous entendez, jamais, mon capitaine, vous n'avez occupé la moindre place dans ses pensées. Tahar était un homme dur, qui ne partageait pas votre tendance au sentimentalisme, j'ai le regret de vous le dire, mon capitaine, et, contrairement à vous, il savait bien qu'il allait mourir, il n'imaginait pas je ne sais quel heureux épilogue semblable à ceux dont vous rêviez sûrement dans votre exaltation et votre aveuglement puérils, puérils et sans excuses, mon capitaine, vous ne pouviez ignorer ce qu'était la villa de Saint-Eugène, vous ne pouviez ignorer que personne n'en ressortait vivant car elle n'était pas une villa, elle était une porte ouverte sur l'abîme, une faille qui déchirait la toile du monde et d'où l'on basculait vers le néant – j'ai vu mourir tant d'hommes, mon capitaine, et ils savaient tous qu'on ne les reverrait jamais, personne ne baiserait leur front en récitant la *Shahâda*, aucune main aimante ne laverait pieusement leur corps ni ne les bénirait avant de les confier à la terre, ils n'avaient plus que moi, et j'étais à ce moment-là plus proche d'eux que ne l'avait jamais été leur propre mère, oui, j'étais leur mère, et leur guide, et je les conduisais dans les limbes de l'oubli, sur les rives d'un fleuve sans nom, dans un silence si parfait que les prières et les promesses de salut ne pouvaient le troubler. Dans un sens, Tahar a eu de la chance que vous l'ayez exhibé à la presse, nous avons dû rendre son cadavre mais si ça n'avait tenu qu'à moi, mon capitaine, je l'aurais lui aussi dilué dans la chaux, je l'aurais enseveli dans les profondeurs de la baie, je l'aurais répandu aux vents du désert et je l'aurais effacé des mémoires. J'aurais fait qu'il n'ait jamais existé. Tahar savait cela, il savait ce que c'est qu'avoir un ennemi. Vous, mon capitaine, vous n'en avez jamais rien su, ce n'est pas avec notre compassion ou notre respect, dont il n'a que faire, que nous rendons justice à notre ennemi mais avec notre haine, notre cruauté – et notre joie. Peut-être vous rappellerez-vous le petit séminariste, l'appelé qu'un gratte-papier imbécile qui ne savait rien de notre mission m'avait affecté comme secrétaire, un bigot, comme vous, mon capitaine, affligé d'une âme sensible, mais réellement sensible, et tellement plus candide et plus honnête que la vôtre. Quand il a débarqué, il était soulagé parce qu'il pensait qu'il n'aurait pas à se salir les mains et qu'il était, en quelque sorte, à l'abri du péché. Il s'est présenté à moi et j'ai failli le renvoyer. Il regardait la mer par les fenêtres de la villa, et les lauriers dans le jardin, et il ne pouvait pas s'empêcher de sourire, je crois que jamais il n'avait vu autant de lumière et d'espace, il se sentait plus vivant qu'il ne l'avait jamais été, libéré des aubes humides à genoux sur les dalles glacées d'une chapelle obscure, libéré des chuchotements honteux dans la pénombre moisie du confessionnal, et je l'ai gardé, après tout, il ne m'appartenait pas de décider des leçons qui devaient être prises, coûte que coûte, ni de qui pouvait y échapper, mon capitaine, car finalement, chacun de nous a dû écouter jusqu'au bout la même leçon, éternelle et brutale, et personne ne nous a demandé si nous étions disposés à l'entendre, alors j'ai dit au petit séminariste qu'il aurait à prendre des notes pendant les interrogatoires des suspects, je lui ai dicté quelques phrases, son écriture était précise, nerveuse et élégante, et je l'ai laissé s'installer. Il est revenu me voir, il était bouleversé, il m'a dit, mon lieutenant, ce n'est pas possible, je vous en prie, dans la chambrée, les murs sont couverts de photos pornographiques et il m'a demandé de les faire enlever, il bégayait, je lui ai dit que je ne m'occupais pas de ce genre de problèmes, qu'il n'avait qu'à regarder ailleurs et il est parti mais, plus tard, je l'ai retrouvé assis au bord de son lit, à côté de son sac ouvert, les yeux fixés sur les photos, la mâchoire pendante, il tenait dans ses mains un affreux crucifix de bois noir, et il avait l'air si vulnérable, mon capitaine, presque autant que vous quand je vous ai appris que Tahar s'était pendu, mais, lui, je pouvais le comprendre, il n'avait connu que l'ombre menaçante de la Vierge, drapée dans son long manteau bleu, les larmes pures de Marie Madeleine, et les extases célestes de Thérèse d'Avila, et maintenant, il ne pouvait pas quitter des yeux ces femmes qui écartaient les jambes devant lui, avec leur toison bestiale, leur sexe luisant, ouvert comme à coups de couteau, et il sentait le feu de l'enfer consumer la moelle de ses os, le corps du Seigneur sous ses doigts, mais rien ne pouvait lui faire détourner le regard. Le lendemain, mon capitaine, je l'ai fait assister à son premier interrogatoire, il s'est assis dans un coin de la pièce, son carnet sur les genoux, il n'a rien dit quand nous avons suspendu l'Arabe au plafond, comme si, depuis son arrivée, il ne pouvait rien faire d'autre qu'ouvrir grands ses yeux, brûler et se taire, et je lui ai su gré, mon capitaine, d'avoir compris si vite qu'il n'y avait rien à dire. J'ai posé les électrodes à l'oreille et à la verge. Il a regardé le corps nu se cabrer et se tendre, et la bouche immense, tordue par les cris, il a regardé l'eau couler et imbiber le chiffon collé au visage de l'Arabe dont les talons écorchés ont frappé le sol et taché de sang le ciment humide. Quand nous avons retiré le chiffon mouillé et que l'Arabe, après avoir haleté comme une bête, a dit qu'il allait parler, mon petit séminariste regardait encore et j'ai dû lui rappeler qu'il devait maintenant prendre des notes. Tous les jours, il a supporté l'ennui mortel de la cérémonie dont nous fûmes, vous et moi, mon capitaine, si souvent les ordonnateurs, la répétition du même agencement immuable qui nous rassemblait autour de la laideur des corps nus et, tant qu'il est resté près de moi, il a accompli sa tâche sans jamais se plaindre. Il a fait une place à son crucifix, sur le mur, au milieu des photos, il a suivi les hommes dans la haute Casbah, au bordel de Si Messaoud, et il a accepté d'être changé complètement, pour toujours, il a accepté d'être l'homme qu'il était devenu malgré lui, sans résistance, sans forfanterie, mais vous, mon capitaine, vous ne l'avez jamais accepté et jamais vous n'avez été à la hauteur de votre destin, vous n'avez su que faire des efforts désespérés pour rejeter loin de vous celui que vous étiez en train de devenir et, bien sûr, vous l'êtes devenu quand même. Tout ce qui est extérieur aux fluctuations délicates de votre âme vous indiffère, au fond, le monde vous indiffère, mon capitaine, et vous n'êtes sensible qu'à ce qui peut souiller l'effigie que vous vous êtes érigée et à laquelle vous vouez un culte. Vous êtes le capitaine André Degorce, n'est-ce pas, résistant et déporté à dix-neuf ans, rescapé de Diên Biên Phu et des camps du Viêt-minh. L'histoire vous a délivré une fois pour toutes un diplôme de victime officielle et vous vous êtes désespérément accroché à ce diplôme, vous n'avez su que vous épuiser en vain dans l'élaboration de distinctions subtiles, totalement dénuées de sens, bien entendu, ce qui est propre et ce qui est sale, ce qui est digne de vous et ce qui ne l'est pas, avec quel degré de délicatesse il convient de traiter ses ennemis, et vous avez dû regretter qu'il n'existe aucun manuel de savoir-vivre propre à calmer vos angoisses de débutante. Mais vous êtes incapable d'amour et de compassion, si ce n'est la compassion théorique des curés, l'amour abstrait pour un prochain qui n'existe pas. Rappelez-vous, mon capitaine, quand les tueurs de Tahar ont liquidé le bordel de Si Messaoud, je me suis rendu sur les lieux avec ma section, nous nous sommes croisés, et j'ai fait arrêter tous les hommes des maisons voisines qui prétendaient n'avoir rien entendu. La tête de Si Messaoud était posée sur un banc de pierre, dans le vestibule. Nous avons trouvé les filles entassées dans le patio, leurs viscères répandus sur les dalles de marbre. Le séminariste n'a pas vomi. Il a pleuré, mon capitaine, il a pleuré longuement sur les cadavres des filles, en souvenir de la chaleur et du réconfort, en souvenir des baisers, il a pleuré sans pouvoir s'arrêter, mais la nuit suivante, au moment d'interroger les voisins, il ne pleurait plus, il les a frappés avec un tuyau, l'un après l'autre, au creux des reins, il a tourné la manivelle du générateur et, même si nous n'avons rien obtenu cette nuit-là, c'est seulement ainsi, bien plus que par ses larmes, qu'il a manifesté la réalité de sa compassion. Voilà ce que peut la compassion, mon capitaine et, bien sûr, c'est là quelque chose que vous êtes absolument incapable de comprendre, des putains éventrées ne méritent pas la grâce de votre attention, elles ne méritent pas la souffrance de ceux qui les ont laissées mourir en se bouchant les oreilles, ni de ceux qui les ont massacrées, à commencer par Tahar, dont vous admiriez le moralisme de pacotille au point de lui faire rendre les honneurs, sous mes yeux, mon capitaine, sous mes yeux, sans une pensée pour la terreur des putains, sans une pensée pour les adolescents du Milk Bar, déchiquetés par la bombe que Tahar leur avait envoyée en rétribution de leur jeunesse et de leur insouciance, sans une pensée pour rien d'autre que pour vous-même et votre incroyable noblesse guerrière. Les jeunes gens morts au Milk Bar sont oubliés depuis longtemps mais vous, mon capitaine, vous n'avez même pas eu à les oublier, vous n'y avez tout simplement jamais pensé. Peut-être avez-vous raison, à quoi bon penser à ce qui sera immanquablement oublié ? Ils écoutaient de la musique en buvant de la limonade, mon capitaine, et une jeune femme est entrée, une Kabyle à la peau claire qui a posé contre le comptoir le sac qui contenait la bombe, personne n'a tourné la tête vers elle quand elle est repartie, les garçons étaient trop occupés à regarder bouger les seins des jeunes filles sous les étoffes légères des robes d'été, ils échangeaient des propos d'une inconcevable niaiserie que l'explosion a fait taire, ils ne valaient pas grand-chose, mon capitaine, ils étaient pleins de certitude, pleins d'arrogance et de mépris, mais ils étaient des nôtres, comme l'étaient les putains, leur valeur ne compte pas, et c'est à nous qu'il incombait de témoigner qu'ils avaient vécu. Nous devions témoigner, par l'eau, par l'électricité, par le couteau, par toute la puissance de notre compassion. Tout s'oublie si vite, mon capitaine, tout est si léger. J'y suis retourné, vous savez, il y a quelques années, dans un avion presque vide. Personne ne se souvient de nous. A l'aéroport, le flic a tamponné mon visa en me souhaitant un bon séjour. Il m'a peut-être pris pour un pied-noir malade de nostalgie, qui voulait revoir la maison de son enfance avant de mourir. Mais sans doute ne s'est-il même pas posé de questions. La ville ressemble à une vieille dame délabrée, confite dans sa crasse, croulant sous les oripeaux de sa splendeur ancienne. Devant le *Milk-Bar*, l'émir Abd el-Kader lève le sabre de la victoire, et les rues portent le nom des terroristes que nous avons tués. Mais ne vous y trompez pas, mon capitaine, eux aussi ont été oubliés, leur hagiographie les a fait disparaître à jamais, plus sûrement que ne l'aurait pu le silence. Je suis allé prendre une chambre au Saint-George, il y avait des taches d'humidité sur les murs et des carreaux de faïence décollés mais le jasmin parfumait encore l'air du jardin, comme il y a quarante ans, quand je quittais la villa pour boire un whisky sous le soleil d'hiver. J'ai pris un taxi dont le chauffeur m'a demandé ce que je venais faire ici et je lui ai menti, mon capitaine, finalement, je lui ai dit que j'étais malade de nostalgie et que je voulais revoir la maison de mon enfance avant de mourir. Il m'a proposé de m'y emmener et je lui ai dit que je verrai plus tard. Il s'est plaint des coupures d'eau et de son métier qui l'obligeait à rouler la nuit avec le risque de tomber sur un faux barrage, ça lui était déjà arrivé une fois, il s'était même brûlé la langue en avalant sa cigarette tout allumée, vous voyez, mon capitaine, les islamistes n'aiment pas les fumeurs, c'est un point commun qu'ils ont avec vos amis du FLN, ce moralisme répugnant, et le chauffeur de taxi riait de s'en être sorti. Je lui ai demandé de me laisser place des Martyrs et de m'attendre un moment. Je suis passé devant la mosquée des Juifs et je suis monté dans la Casbah. Des enfants jouaient dans les ordures et les gravats, un homme écoutait de la musique dans une pièce sombre et se balançait d'avant en arrière, le visage dans ses mains, et j'ai eu l'impression que je pourrais marcher sans me perdre dans ce labyrinthe, comme à l'époque où nous sautions de toit en toit, il y a si longtemps, mon capitaine, quand les hommes de Tahar se terraient comme des rats dans l'écheveau des puits et des galeries obscures en apprenant à nous craindre. Mais je suis revenu sur mes pas et j'ai dit au taxi de faire le tour de la ville avant de me ramener à l'hôtel. Nous avons roulé le long de la mer, à Saint-Eugène, j'ai aperçu la villa, aujourd'hui, elle doit appartenir à un officier supérieur et je suis sûr que les fantômes que j'y ai laissés ne troublent pas son sommeil. J'ai bien fait mon travail. Nous sommes remontés vers El-Biar, nous sommes passés devant une salle d'où s'échappait la musique d'un mariage et le chauffeur de taxi a repris la chanson, une très vieille chanson que chantait souvent Belkacem, le harki de ma section, je m'en souviens très bien, mon capitaine, ah, si mon âme était entre mes mains, une chanson très connue, vous l'avez forcément entendue vous aussi, je t'aime, Sara, laisse-moi demeurer dans ton cœur, tu es ma vie, Sara. Le chauffeur de taxi chantait à tue-tête, je mourrais pour toi, Sara, et il semblait heureux que je fredonne avec lui. Ne m'abandonne pas, Sara. Tu as laissé dans mon cœur une trace qui ne s'efface pas. A l'hôtel, je lui ai donné mille dinars et je lui ai dit que, tout compte fait, je ne tenais pas tant que ça à revoir la maison de mon enfance. Il a insisté pour que je prenne son numéro de téléphone en cas de besoin. Il m'a serré la main. Tout est si léger, mon capitaine, tout s'oublie si vite. Le sang des nôtres et le sang que nous avons répandu ont été depuis longtemps effacés par un sang nouveau qui sera bientôt effacé à son tour. J'ai lu les journaux dans la fraîcheur du jasmin. Dix-sept douaniers abattus à Timimoun. Trois policiers décapités à Sétif. Entre Béchar et Taghit, tout le cortège d'un mariage égorgé à un faux barrage. Tout est si léger. La mariée s'appelait peut-être Samia, ou Rym, ou Nardjess. Qui s'en souvient ? Nos actes ne pèsent rien, mon capitaine, mais vous êtes trop orgueilleux pour l'accepter. Ne le voyez-vous pas ? Nos actes n'ont aucun poids, mon capitaine, ils ne comptent pas, il a peut-être existé une race d'hommes qui le savaient, ceux qui ont égorgé les mariés le savent peut-être encore, mais nous, nous sommes devenus délicats, nous n'arrivons plus à expulser nos actes de nous-mêmes, purement et simplement comme de la merde, et nous nous empoisonnons, nos actes nous empoisonnent, nous suffoquons sous le déni ou la justification et, sur ce point, dans un sens, je vous ressemble, mon capitaine, même si je ne m'en réjouis pas, si je ne vous avais pas ressemblé, si je n'avais pas attaché une importance excessive à mes propres actes, je n'aurais pas rejoint l'OAS, je serais rentré chez moi et j'aurais pensé à autre chose. Mais que voulez-vous, dans l'oubli général, je me souviens de tout, mon capitaine, je m'en souviens très bien. On ne peut pas être loyal sans mémoire et, je vous l'ai dit, je suis loyal. Oui, mon capitaine, de nous deux, c'est moi qui ai trahi la république et c'est pourtant moi qui me suis montré loyal. Je ne vous parle pas de la France éternelle, de l'intégrité de la Nation, de l'honneur des armes ou du drapeau, toutes ces abstractions ineptes sur lesquelles vous avez cru bâtir votre vie, je vous parle des choses concrètes et fragiles dont nous fûmes les dépositaires, le hurlement des putains de Si Messaoud, les larmes de mon séminariste, le petit rire idiot des jeunes filles du Milk Bar, la chanson de Belkacem le harki, que vous et vos semblables avez abandonné à la mort en 1962 au nom de votre curieux sens du devoir, je vous parle de tout ce que vous avez trahi, sans le moindre état d'âme, cette fois, et c'est à cela seul que je dois ma loyauté, peu importe que, pour finir, tout soit englouti dans l'oubli. Mais le monde vous indiffère, mon capitaine, et vous vous abîmez dans la contemplation hébétée de l'exceptionnelle tragédie qu'il vous a été donné de vivre, et vous vous demandez encore comment il est possible que vous soyez devenu un bourreau et un assassin. Oh, mon capitaine, c'est pourtant la vérité, il n'y a rien d'impossible : vous êtes un bourreau et un assassin. Vous n'y pouvez plus rien, même si vous êtes encore incapable de l'accepter. Le passé disparaît dans l'oubli, mon capitaine, mais rien ne peut le racheter. Plus personne ne se soucie de vous, mis à part vous-même. Le monde ne sait plus qui vous êtes et Dieu n'existe pas. Personne ne vous punira pour ce que vous avez fait, personne ne vous offrira la rédemption avec le châtiment que votre orgueil réclame. Vos prières sont vaines. N'avez-vous donc rien appris ? Etes-vous si irrémédiablement aveugle ? Vous n'avez rien vécu d'exceptionnel, mon capitaine, le monde a toujours été prodigue d'hommes comme vous et aucune victime n'a jamais eu le moindre mal à se transformer en bourreau, au plus petit changement de circonstances. Rappelez-vous, mon capitaine, c'est une leçon brutale, éternelle et brutale, le monde est vieux, il est si vieux, mon capitaine, et les hommes ont si peu de mémoire. Ce qui s'est joué dans votre vie a déjà été joué sur des scènes semblables, un nombre incalculable de fois, et le millénaire qui s'annonce ne proposera rien de nouveau. Ce n'est pas un secret. Nous avons si peu de mémoire. Nous disparaissons comme des générations de fourmis et tout doit être recommencé. Le monde est un bien piètre pédagogue, mon capitaine, il ne sait que répéter indéfiniment les mêmes choses, et nous sommes des écoliers rétifs, tant que la leçon ne s'est pas inscrite douloureusement dans notre chair, nous n'écoutons pas, nous regardons ailleurs et nous nous indignons bruyamment dès qu'on nous rappelle à l'ordre. Si la vie n'avait pas fait de vous un soldat, mon capitaine, s'il ne vous avait pas fallu être installé au premier rang de la salle de classe, vous aussi, vous vous seriez indigné, vous auriez peut-être envoyé des articles de protestation à vos amis de *L'Humanité*, vous auriez disserté sur les droits imprescriptibles de l'être humain, sur sa dignité, et vous auriez contemplé avec émerveillement vos belles mains propres et blanches, sans jamais soupçonner qu'un cœur de bourreau battait dans votre poitrine. Mais la vie ne vous a pas permis de jouir d'un tel confort. Vous savez ce qu'il en est de la dignité de l'être humain, vous savez ce que valent les hommes, vous et moi compris. Quand nous sommes arrivés au camp viet, après Diên Biên Phu, je m'en souviens très bien, c'est vous qui, le premier, me l'avez appris, comme vous m'avez appris tant de choses. Nous étions assis, épuisés et affamés, avec un groupe de prisonniers, et vous m'avez dit, je sais ce qu'est un camp, Horace, dans quelques jours, nous ne pourrons plus compter sur la plupart de nos camarades, vous allez voir apparaître l'homme et il faudra apprendre à vous en préserver, l'homme, l'homme nu, ce sont vos propres mots, je m'en souviens très bien et vous aviez raison. L'avez-vous oublié ? Avez-vous fini par vous persuader que vous étiez au-dessus du genre humain ? Les hommes ne valent pas grand-chose, mon capitaine. D'une manière générale, ils ne valent rien. Il est impossible de les distinguer en fonction de leur valeur. La partialité est le seul recours. Il ne s'agit que de reconnaître les siens et de leur être loyal. Mais cela vous est impossible, vous ne pouvez pas renoncer au jugement, votre amour immodéré du jugement est tel que, non content de vous juger vous-même, vous n'avez pas hésité une seconde à vous déshonorer, et nous tous avec vous, pour gagner l'estime d'un homme comme Tahar, et qu'aujourd'hui encore vous êtes prêt à quémander l'absolution du premier venu, comme un gamin honteux d'avoir tripoté la bonne. Etrange orgueil que le vôtre, mon capitaine. Mais je vous le demande – qui peut nous juger ? Le Dieu dont vous croyez qu'il a créé ce monde ? Le peuple au nom duquel nous nous sommes battus toute notre vie et qui nous a manifesté sa gratitude en nous reléguant dans les bas-fonds puants de sa mauvaise conscience ? Ils m'ont condamné à mort, mon capitaine, ils m'ont gracié et amnistié, et ils avaient le droit de me tuer ou de m'épargner, c'est sans importance, mais pas celui de me condamner ni de me gracier, en aucun cas, ils n'avaient pas le droit de m'amnistier, ils n'ont aucun droit de nous juger, mon capitaine, nous sommes au-delà de leur compréhension, leurs blâmes ou leurs louanges ne sont rien. J'aurais tant aimé que vous finissiez par vous en rendre compte. Nous avons reçu l'enseignement du monde, nous avons écouté sa leçon, éternelle et brutale, et nous avons été, vous et moi, les instruments de son impitoyable pédagogie. Oui, vous aussi, mon capitaine. Chaque fois que vous avez exposé leur nudité à la lumière, chaque fois que le métal et la chair ont pénétré leur corps, chaque fois que vous avez empêché leurs paupières de se fermer, et quand vous les rameniez de force à la conscience, à chaque bouffée d'air refusée, à chaque brûlure, vous avez vous aussi fait œuvre de pédagogie auprès de tous ceux qui sont passés par vos mains. Mais vous n'assistiez jamais à leur fin et vous ne pouvez pas le savoir. J'ai vu mourir tant d'hommes, mon capitaine, j'étais plus proche d'eux que leur propre mère et je peux vous assurer qu'ils avaient tous appris quelque chose, quelque chose d'important, une vérité que Tahar n'a pas connue parce que vous n'avez pas voulu ne serait-ce que le bousculer un peu. Nous roulions dans la nuit en dehors de la ville, nous survolions la baie, ils étaient silencieux à l'arrière du camion ou dans l'hélicoptère, ils ne pleuraient pas, ils ne suppliaient pas, il n'y avait plus en eux ni désir ni révolte, et ils basculaient sans un cri dans la fosse commune, ils tombaient vers la mer dans une longue chute silencieuse, ils n'avaient pas peur, je le sais parce que j'ai regardé chacun d'entre eux dans les yeux, comme je le devais, mon capitaine, la mort est une affaire sérieuse, mais ils n'avaient pas peur, nous leur avons rendu la mort douce, nous avons fait cela pour eux, ils me rendaient mon regard, ils voyaient mon visage et leurs yeux étaient vides, je m'en souviens très bien, on n'y trouvait aucune trace de haine, aucun jugement, aucune nostalgie, on n'y trouvait plus rien si ce n'est peut-être la paix et le soulagement d'être enfin libérés car grâce à nous, mon capitaine, aucun d'eux ne pouvait plus ignorer que le corps est un tombeau.

27 MARS 1957 : PREMIER JOUR

Genèse, IV, 10

Du haut de l'immense organigramme qui occupe tout un pan de mur du bureau, Tarik Hadj Nacer, dit Tahar, le Pur, semble considérer le monde avec une incommensurable mélancolie. Au moment où cette photo était prise dans un commissariat de Constantine, il n'avait pas encore gagné son surnom. Il n'était qu'un employé de banque aux idées subversives et s'il commençait à comprendre qu'il n'échapperait plus à son avenir de seigneur d'une guerre clandestine, il s'y résignait peut-être sans enthousiasme. Deux mois plus tôt, quand le capitaine André Degorce a pris possession des lieux, Tahar trônait seul, comme le souverain d'un royaume invisible, au sommet d'un organigramme vierge que des dizaines de noms et de photos, la plupart marquées d'une petite croix rouge, recouvrent aujourd'hui presque entièrement. Quand il ne restera plus aucune case vide, le capitaine Degorce aura terminé son travail. Il sait maintenant que ce n'est plus qu'une question de temps et il sait aussi que, le jour venu, il sera incapable de se réjouir de sa victoire. Toute sa vie, il a nourri des rêves de victoire, sans connaître autre chose qu'une longue suite de défaites, mais jamais il n'aurait pensé qu'à la veille d'être enfin exaucé il lui faudrait découvrir combien la victoire peut être cruelle et qu'elle lui coûterait bien plus que tout ce qu'il avait à donner. Il ne peut plus prier. Il a beau s'agenouiller dans la pénombre de sa chambre et s'astreindre à la ferveur, comme il le fait depuis l'enfance, aucune parole ne monte à ses lèvres. Il reste immobile dans le silence et il se laisse bercer par les battements réguliers de son cœur engourdi jusqu'à ce qu'il se décide finalement à ouvrir sa bible au hasard et à lire à voix basse quelques versets qui ne lui apportent aucun réconfort. Il ne perçoit plus de messages d'espoir dans les Ecritures mais seulement l'expression sans cesse réitérée d'une menace effroyable. Il ne peut plus recevoir les lettres de Jeanne-Marie sans frémir. Chaque jour, il en retarde l'ouverture de peur d'y lire qu'il a déjà reçu son châtiment. Il imagine que son neveu est devenu subitement infirme, ou que sa fille est morte, emportée en quelques jours par une pneumonie ou renversée par une voiture, à cause de ce qu'il fait ici.

(Je sais qui tu es. J'ai longtemps écouté ta voix. Tu es un Dieu jaloux, qui punis la faute des pères sur les fils, sur la troisième et la quatrième génération.)

Ce matin encore, il se contente de caresser l'enveloppe du bout des doigts et il en respire le parfum avant d'appeler un sous-officier.

— Febvay, prévenez le Kabyle que je vais passer le voir. Mettez les types qui sont avec lui dans une autre cellule. Apportez-lui des cigarettes. Et du thé. Montrez-vous amical avec lui, dites-lui qu'il n'y aura plus d'interrogatoires, que je vais juste passer discuter. Appelez-moi quand tout est prêt.

Le capitaine Degorce allume une cigarette qu'il fume avec soin, le front appuyé contre une vitre. Le soleil brille sur la baie et aucun nuage ne passe au-dessus de la mer mais le ciel n'est pas vraiment bleu, il est parsemé de traînées délavées, jaunâtres, qui lui donnent la teinte sale et terne de l'eau d'un étang. Dans ce pays, le ciel n'est jamais bleu, pas même en été, surtout pas en été, quand le vent brûlant du désert efface les contours de la ville dans ses tourbillons de poussière ocre et que s'élèvent des flots morts de la Méditerranée les vapeurs d'une brume éblouissante où tremble la coque rouge des cargos. Il se rappelle les vacances passées en avril, deux ans plus tôt, avec Jeanne-Marie et les enfants, le déjeuner sur la terrasse d'un hôtel de Piana, en face du golfe de Porto, la déchirure incroyablement nette des calanques sur le bleu profond d'un ciel limpide et il a du mal à croire que les rivages qu'il regarde aujourd'hui sont baignés par la même mer, qui s'étend sous le même ciel.

Il chasse l'image de sa fille qui sourit dans la lumière d'automne. Il voudrait que ce qu'il va devoir faire maintenant soit déjà derrière lui.

— Tout est prêt, mon capitaine.

*

Le Kabyle est appuyé contre le mur. Il est nu, enveloppé dans une couverture sale. Il pose ses grands yeux verts sur le capitaine qui s'assoit en tailleur en face de lui.

— Vous avez l'air de récupérer, dit le capitaine Degorce en lui posant une main sur l'épaule.

Le Kabyle réprime un gémissement de douleur en essayant de se dégager. Le capitaine retire sa main.

— Vous avez été très courageux, vous savez. Mes hommes sont tous très impressionnés, vraiment. Ils vous respectent beaucoup. De toute façon, c'est terminé, maintenant, le sergent a dû vous le dire. Nous ne sommes pas des sauvages.

Tout le monde sait que vous ne direz rien, on n'insiste pas, à quoi bon ? Je suis très admiratif.

Le capitaine allume une cigarette et en tend une au Kabyle.

— Admiratif, vraiment, insiste-t-il. Vous savez, j'y suis passé aussi, en 1944, je sais de quoi je parle.

Le Kabyle hausse les épaules. Le capitaine laisse échapper un petit rire amusé.

— Je vois que vous acceptez mes cigarettes mais pas mon admiration, n'est-ce pas, Abdelkrim ?

Le Kabyle a un sursaut.

— C'est un très beau nom, Abdelkrim Aït Kaci, un nom guerrier, plein de noblesse, vous avez eu tort de nous le cacher si longtemps et puis, vous voyez, ça n'a pas servi à grand-chose, tout le monde n'a pas votre courage…

Le capitaine se penche en avant.

— Nous n'aimons pas ce travail, mais nous le faisons bien, achève-t-il d'un ton glacé avant de se redresser et de tirer tranquillement sur sa cigarette.

(Je suis un comédien, un pitre qui joue une farce sinistre. Et cette farce doit être jouée jusqu'au bout, sans échappatoire ni rémission. Chaque cheveu de ma tête est compté, chaque mensonge, chaque ruse indigne. Et il faut jouer jusqu'au bout.)

— Comme je vous l'ai dit, Abdelkrim, nous ne vous interrogerons plus. Mais, par acquit de conscience, maintenant que nous avons votre nom, nous allons quand même poser quelques questions aux membres de votre famille. Peut-être à votre jeune sœur qui a seize ans, je crois, et les mêmes magnifiques yeux verts que vous, je suis prêt à le parier. Mes hommes seraient vraiment ravis de l'interroger.

Abdelkrim se met à trembler. Il enfouit son visage dans ses mains.

— Mes hommes se feront également un plaisir d'interroger votre mère. Ils interrogeraient n'importe qui, vous savez.

Des sanglots déchirent la poitrine d'Abdelkrim et les larmes coulent entre ses doigts.

— J'appartiens à la rébellion, dit Abdelkrim en pleurant.

Le capitaine Degorce lui passe une main dans les cheveux d'un geste tendre, presque paternel.

— Oh, mais ça, je le sais déjà, voyons ! Je n'avais pas besoin que vous me l'avouiez, je ne suis pas un imbécile, vous savez ! Ça ne suffit pas, Abdelkrim, ça ne suffit pas du tout.

(Non, ça ne suffit pas, et la nausée ne suffit pas, ni le goût de la pourriture dans la bouche. Il faut continuer. Au jour du Jugement, tu appelleras les Justes à ta droite. Appelleras-tu Abdelkrim ? Et moi ? Que feras-tu de moi ? Dans quel cercle de l'enfer voudras-tu me reléguer, parmi les réprouvés de quelle espèce ?)

Abdelkrim donne une adresse. Une rue du quartier européen, près du Telemly.

— Qui je trouverai à cette adresse ? demande le capitaine.

— Je n'en sais rien !

— Votre sœur le saura peut-être ? Ou votre mère ? Elle le saura, non ?

— Non ! Par Dieu, je n'en sais rien ! Je vous le jure ! Je sais juste que c'est une adresse que nous utilisons ! Je le jure devant Dieu ! hurle Abdelkrim en agrippant le treillis du capitaine.

— Du calme, je vous crois. Du calme ! J'irai voir.

Mais Abdelkrim ne peut pas s'arrêter de pleurer et de trembler.

— Une dernière chose et je vous laisse. Trois noms. Celui qui vous a recruté, les deux que vous avez recrutés vous-même.

Abdelkrim donne trois noms. Le capitaine Degorce se lève et frappe à la porte pour appeler le sergent Febvay. Abdelkrim est toujours en larmes.

— Sergent, ne le laissez pas seul, s'il vous plaît. Pas une seconde. Qu'il n'aille pas nous faire une connerie.

Le capitaine s'accroupit près d'Abdelkrim.

— Votre sœur et votre mère n'entendront jamais parler de nous. Vous avez ma parole.

Abdelkrim pleure plus fort.

*

— Moreau, prenez une voiture et deux hommes. On va aller faire un tour au Telemly. Départ dans vingt minutes.

Le capitaine Degorce marque d'une croix rouge la photo d'Abdelkrim épinglée sur l'organigramme. Il inscrit les noms qu'il vient d'apprendre dans les cases vides adjacentes et les communique à l'état-major. Il se sent vide et désorienté. Il s'assoit sur son bureau et allume une cigarette qu'il écrase aussitôt. Il saisit la lettre de Jeanne-Marie et déchire l'enveloppe, presque dans le même geste. "André, mon enfant, mon aimé, nous pensons tant à toi..." Il repose la lettre et se passe une main sur le visage en soupirant. Le soulagement qui vient de l'envahir s'éloigne rapidement et il se retrouve à nouveau seul, égaré dans la torpeur d'une fatigue si radicale qu'elle lui semble incurable. Il lève les yeux vers l'organigramme. Il essaie de se dire que chaque croix rouge représente une bombe qui n'explosera pas. Il essaie de penser à tous ceux dont la vie a été sauvée et qui ne le sauront jamais. Mais tout demeure lointain et abstrait et il ne parvient à évoquer que de vagues fantômes sans visages.

(On ne peut pas compter les vies sauvées, on ne peut compter que les morts. Je suis si fatigué de compter les morts. Mon impuissance est sans limites.)

Il a été entraîné dans le déploiement d'une logique souveraine, mathématique. Une fois les données du problème clairement établies, chaque inférence a été rigoureusement tirée de l'inférence précédente et le capitaine Degorce est contraint d'admettre que leur splendide enchaînement s'impose avec l'autorité d'une absolue nécessité devant laquelle la raison humaine ne peut que s'incliner. Il a longuement cherché une faille mais il n'y a aucune faille. Des données du problème découle sa solution. C'est très simple et il n'y peut rien. Il est placé face à une conclusion qu'il ne peut ni rejeter, ni assumer, et même si l'ensemble de ses facultés intellectuelles en est comme anesthésié, il doit mettre en œuvre quotidiennement, sans attendre, les conséquences pratiques que cette conclusion implique à son tour. Il faut que les prisonniers parlent. Il faut que tout le monde parle. Et il est rigoureusement impossible de distinguer *a priori* ceux qui se taisent pour dissimuler des renseignements de ceux qui n'ont rien à dire. Seule l'épreuve de la souffrance les distingue. Si c'était faisable, il faudrait interroger toute la ville. Le capitaine Degorce n'y peut rien. La seule chose qui est en son pouvoir est de ne pas aller au-delà de ce que la logique exige.

En janvier, le propriétaire et les pensionnaires d'un bordel de la haute Casbah ont été massacrés. Peut-être parce que le FLN avait interdit la prostitution et l'alcool dans la ville arabe, peut-être parce que Si Messaoud, le maquereau, donnait des informations à l'armée. Peut-être pour les deux raisons à la fois. Quand le capitaine Degorce, accompagné de Moreau, l'adjudant-chef de sa compagnie, et de quelques harkis, est arrivé sur place, les hommes du lieutenant Horace Andreani étaient en train d'embarquer cinq ou six Arabes au visage tuméfié. Ils étaient entourés de femmes en pleurs.

— Comment allez-vous, André ? a demandé le lieutenant.

Le capitaine Degorce l'a toisé méchamment.

— Veuillez utiliser mon grade pour vous adresser à moi, lieutenant.

Andreani a souri en murmurant quelque chose d'indistinct. Le capitaine s'est approché du groupe de prisonniers.

— Ils ont fait quoi, ceux-là ? a-t-il demandé à un harki de la section Andreani. Le harki s'est tourné vers le lieutenant sans rien dire.

— Vas-y, Belkacem, réponds au capitaine, a dit Andreani.

— Ils ont le sommeil trop lourd, mon capitaine. Ou alors des pertes de mémoire. Ou ils sont peut-être sourds. On va voir si on peut les guérir.

Belkacem s'est approché des prisonniers et a commencé à crier en arabe en leur donnant des gifles et des coups de pied. Les femmes se sont mises à hurler toutes en même temps.

— On y va, a ordonné Andreani. Bonne journée, mon capitaine.

Malgré la rage qui l'étouffait, le capitaine Degorce n'a rien dit. Il n'avait aucun pouvoir sur Andreani ; et il ne pouvait, par ailleurs, absolument pas jurer que ces arrestations arbitraires ne déboucheraient pas sur quelque chose. Il n'a rien dit. Il a fait le tour du bordel, en s'arrêtant quelques instants devant les cadavres.

(Une vie innommable. Une mort innommable.)

Quand il est ressorti, une vieille femme lui a pris la main et s'est mise à parler à toute vitesse à travers ses larmes.

— Qu'est-ce qu'elle raconte ?

— Elle dit, son fils, il a rien fait, mon capitaine, a expliqué un harki. Elle dit qu'il est innocent et que vous devez le lui ramener. Et aussi elle vous bénit.

(Tout le monde doit parler. Tout le monde.)

Le capitaine a retiré sa main mouillée et fait quelques pas de côté.

— Dis-lui que je n'y peux rien.

*

— Si le Kabyle s'est foutu de notre gueule, il va s'en rappeler, dit l'adjudant-chef Moreau.

La voiture du capitaine vient juste de se garer boulevard du Telemly. Le ciel s'est brusquement obscurci et une petite pluie glaciale tombe depuis quelques minutes. La concierge de l'immeuble regarde les militaires avec réprobation. Elle leur confirme qu'il y a bien un Arabe dans l'immeuble, M. Sahraoui, mais un Arabe très poli, très bien éduqué, au troisième, et elle semble outrée qu'on puisse le soupçonner de quoi que ce soit.

— Voilà ce que nous allons faire, madame : vous allez monter avec nous et dire à M. Sahraoui qu'il y a du courrier pour lui. D'accord ?

— Mais non, capitaine ! Je ne peux pas mentir à ce monsieur, dans mon métier, la confiance, c'est...

— Tu vas faire ce que te dit le capitaine et bouger ton gros cul, coupe l'adjudant-chef Moreau, sinon je te jure que je te fais embarquer, toi et toute ta famille. Tu feras des bonnes manières en camp de regroupement. Tu as compris ?

La concierge ouvre une bouche horrifiée et acquiesce sans dire un mot.

(La logique règne et nous sommes maîtres de la ville.)

Ils montent l'escalier aussi silencieusement que possible. Le bruit étouffé de ses propres pas laisse au capitaine Degorce une impression pénible qu'il n'arrive pas à chasser. Au troisième étage, Moreau désigne la porte à la concierge d'un doigt menaçant. Elle frappe. Le capitaine arme son pistolet.

— Monsieur Sahraoui ? Il y a du courrier pour vous.

Au bout de quelques instants, la porte s'ouvre. Jamais le capitaine n'oubliera ce moment. Il a tant contemplé ce visage tout en haut de l'organigramme qu'il ne peut douter une seconde que c'est bien lui, étrangement doté d'un corps palpable et fragile, mais en même temps, il est absolument impossible que ce soit lui car l'homme qui se tient sur le seuil a vu le pistolet, il a vu les treillis léopard, et il continue pourtant à sourire comme s'il ne s'agissait que d'une rencontre fortuite avec des amis très chers, perdus de vue depuis bien longtemps.

— Vous êtes Tarik Hadj Nacer ? demande le capitaine, et l'homme répond “oui” sans cesser de sourire. C'est un sourire extrêmement paisible et sincère, que n'altère aucune nuance de défi ou d'ironie.

— Vous êtes Tahar ? insiste le capitaine.

— Oui, capitaine. C'est moi.

*

Le colonel a convoqué la presse pour dix-huit heures. Bien qu'il ait fait valoir qu'une souricière avait été mise en place au Telemly où Moreau avait l'ordre d'arrêter quiconque demanderait à voir

M. Sahraoui, le capitaine Degorce n'a pas pu obtenir d'autre délai.

— Qu'est-ce que vous croyez, Degorce ? Ils vont être au courant avant même que les journalistes aient fini de rédiger leur article. Elle va être grillée dans les deux heures, votre souricière. Si vous arrêtez quelqu'un, ce sera maintenant ou jamais. Croyez-moi.

Le capitaine Degorce s'est incliné et, dans les minutes qui ont suivi, Moreau a appelé pour signaler qu'il venait d'arrêter une jeune fille, une pseudo-nièce qui refusait de dire son nom.

— Très bien, Moreau. Rentrez avec votre paquet. Laissez quand même quelqu'un jusqu'à demain matin, on ne sait jamais.

Le colonel exulte.

— C'est du bon boulot, Degorce, même si vous avez eu un sacré coup de cul ! Ah, bordel de Dieu, ça va leur en foutre un coup derrière les oreilles, à ces enfants de salauds ! Allez, montrez-le-moi, votre Hadj Nacer.

Tahar est assis sur une paillasse, les mains liées et les yeux mi-clos. Il a l'air de rêvasser tranquillement et son étrange sourire n'a toujours pas disparu. Le colonel entame son numéro de guerrier magnanime et victorieux et il se met à aller et venir dans la cellule en tenant des discours sur la grandeur et la servitude du métier de soldat, il s'écoute parler avec un plaisir visible, il se demande à haute voix ce que lui, le colonel, aurait fait s'il avait été arabe et il concède qu'il aurait sans doute suivi la même voie, il a toujours su se mettre à la place de ses ennemis, il félicite Tahar de lui avoir causé tant de problèmes, il s'enivre de ses propres paroles, il jure avec enthousiasme, et le capitaine Degorce a peur de croiser le regard de Tahar et il baisse les yeux sous le poids de la honte qui l'accable.

(C'est un imbécile. Depuis toujours. L'imbécillité de cet homme est vertigineuse. Elle est absolument parfaite.)

On entend un cri de femme étouffé auquel le colonel ne prête aucune attention.

— Je reviens, dit le capitaine Degorce en sortant de la cellule.

Il entre dans une salle au fond du couloir. Une toute jeune femme est allongée sur une table aux pieds de laquelle ses poignets et ses chevilles ont été attachés. Deux harkis et le sergent Febvay sont penchés sur elle. Elle saigne du nez, elle est nue ; on lui a fourré un mouchoir dans la bouche. Le capitaine regarde ses seins, l'arrondi de son ventre pâle, les boucles de sa toison d'où semble jaillir la masse sombre et luisante d'un pistolet automatique. Il a l'impression, furtive et intolérable, qu'elle grimace et se tord dans les douleurs d'un enfantement monstrueux. Dans un coin de la pièce, l'adjudant-chef Moreau fume une cigarette.

(La logique n'a aucune frontière. Son règne est sans limites. La Géhenne du feu.)

— C'est la salope du Telemly, dit le sergent Febvay. On essaie de la rendre raisonnable.

— Enlevez ça, dit le capitaine en désignant l'arme enfoncée dans son ventre. Enlevez-lui ça tout de suite.

Le sergent obéit.

— Vous êtes taré, Moreau ? Les journalistes vont arriver et vous n'avez trouvé que ça à faire ? Rhabillez cette fille et foutez-lui la paix.

— Il faut vraiment la rhabiller, mon capitaine ? demande Febvay. C'est con pour les bicots, là, poursuit-il en désignant les harkis, ça les changerait des chèvres qu'ils niquent.

Les harkis se mettent à rire. Le capitaine Degorce fait deux pas vers le sergent et lève la main pour le gifler mais il arrête son geste et son bras retombe mollement le long de son corps. Il sait qu'il n'aurait pas dû lever la main et il sait aussi que, sa main une fois levée, il n'aurait pas dû la rabaisser. Il parle d'une voix méconnaissable.

— Je vais te faire passer en conseil de guerre, espèce de pourriture. En conseil de guerre, tu entends. Je vais te faire fusiller.

L'adjudant-chef s'approche et prend doucement le capitaine par le bras.

— Mon capitaine, sauf votre respect : mais qu'est-ce que vous racontez ?

Le capitaine reste immobile un long moment. Il a du mal à soutenir le regard du sergent. Il se dirige vers la porte avec une précipitation qu'il déteste.

— Rhabillez cette fille, Moreau, dit-il d'une voix tremblante. Et trouvez au sergent une affectation où son sens de l'humour sera apprécié à sa juste valeur. N'importe où, je m'en fous. Qu'il disparaisse de ma vue.

Une fois dans le couloir, il fait brusquement demi-tour et rentre à nouveau dans la salle. Personne n'a bougé. Il se dirige droit vers Febvay et lui met un coup de genou à l'entrejambe. Le sergent s'affaisse presque sans un bruit et le capitaine Degorce lui abat de toutes ses forces son poing sur la tempe. Le sergent tombe, les genoux relevés contre la poitrine, sans même esquisser un geste pour se protéger. Le capitaine Degorce masse sa main douloureuse. Il regarde le jeune homme qui gémit à ses pieds. Il y a d'abord la jouissance fulgurante du soulagement. Et tout de suite après, la pitié, le remords – l'impuissance indicible.

*

Les journalistes sont venus et repartis. Tahar a souri, menotté, sous le crépitement des flashs. Le colonel s'est félicité de l'importance exceptionnelle de cette prise qui portait, il n'en doutait pas, un coup presque fatal à la rébellion. Le colonel a indiqué aux journalistes qu'ils pouvaient poser des questions au prisonnier. N'avez-vous pas honte d'utiliser des femmes pour vos attentats ? Exprimez-vous des remords ? Avez-vous peur d'être guillotiné ? Que dites-vous aux familles de vos victimes ? Pourquoi poursuivre un combat perdu d'avance ? Implorez-vous la clémence de la République ? Tahar a écouté très attentivement toutes les questions et il a regardé chaque journaliste avec beaucoup de bienveillance mais il n'a pas dit un mot. Près de lui, le capitaine Degorce regardait le bout de ses chaussures. Il n'essayait même plus de se soustraire à l'emprise de la honte. Il attendait simplement que toute cette mascarade fût achevée. Il a pensé que, le lendemain, Jeanne-Marie verrait sa photo dans les journaux et que, selon toute probabilité, elle serait fière de lui. Si elle devait apprendre un jour ce qu'il faisait réellement ici, elle ne pourrait ni le croire ni le comprendre. Et elle aurait raison : malgré toute la logique du monde, au fond, c'était impossible à comprendre et il valait mieux que son épouse restât à jamais dans l'ignorance.

(Comment pourrai-je la prendre dans mes bras ? Comment pourrai-je étreindre les enfants ? Que pourrai-je leur dire ?)

Au moment de leur rencontre, au printemps 1945, il avait vingt ans et pesait trente-cinq kilos. Elle avait dix ans de plus que lui et était veuve de guerre. Pendant des mois, son mari avait péri d'ennui sur la ligne Maginot. Il lui écrivait qu'elle lui manquait, qu'il avait hâte de se battre et il se permettait parfois des allusions un peu osées en évoquant le froid des nuits passées sans elle. Dans sa dernière lettre, il répétait encore qu'il attendait les Allemands de pied ferme et qu'il l'aimerait toute sa vie. Il n'eut jamais à se battre. Après l'offensive, il a fui vers le sud avec tous les hommes valides de sa batterie, hagards et presque complètement désarmés. Il devait espérer arriver à Toulon ou Marseille, quelque part où il trouverait un bateau qui le ramènerait en Corse auprès d'elle. Mais un soir, alors que lui et ses camarades se reposaient dans un champ, à découvert, en se croyant sans doute hors de danger, trois Stukas les ont repérés et ont piqué en sifflant vers leur position. Aucun d'eux ne s'est relevé. Jeanne-Marie a conservé ses lettres et une photo de lui, en uniforme d'artilleur, sur laquelle il fait une petite moue gênée, comme pour s'excuser par avance de sa mort sans gloire et des promesses d'amour éternel qu'il lui avait été si facile de respecter. Elle était venue à Paris avec sa belle-sœur pour y retrouver Jean-Baptiste, l'un de ses frères aînés, fait prisonnier en 1940, qui devait rentrer bientôt en France avec le flot des rapatriés. André Degorce venait d'arriver de Buchenwald. Il était très affaibli mais son état de santé n'inspirait pas d'inquiétude particulière et il attendait à l'hôtel Lutetia de retrouver ses parents. Il consultait chaque jour le panneau des avis de recherche. Il essayait de manger. Il dormait. Il n'avait pas envie de vivre. Jeanne-Marie Antonetti était apparue un matin, accompagnée de sa belle-sœur, dans le hall du Lutetia. Elle cherchait à se rendre utile. Peut-être espérait-elle aussi qu'un miracle lui rendrait son époux, qu'elle le trouverait là, malade mais bien vivant, et qu'il leur suffirait de reprendre leur vie perdue, aussi facilement que l'on s'éveille d'un cauchemar. Elle regardait les déportés avec l'expression d'une douleur infinie et, quand elle avait croisé le regard d'André, elle avait éclaté en sanglots en répétant, mon Dieu, le pauvre petit. Elle était revenue le voir tous les jours. Elle lui parlait de son mari disparu et de ses frères, elle s'inquiétait pour le plus jeune, Marcel, mobilisé en 1943 et qui devait être quelque part en Allemagne, sain et sauf, elle l'espérait, et elle riait de voir André reprendre des forces. Jean-Baptiste avait fini par arriver, en pleine forme. Après quelques mois de stalag, il avait eu la chance d'être envoyé dans une ferme et il avait pu manger comme un cochon pendant toute la durée de la guerre. Jeanne-Marie l'avait laissé rentrer en Corse seul avec son épouse. Elle ne voulait pas partir tant qu'André n'avait pas retrouvé ses parents et elle était restée avec lui. Le soir où il lui avait retiré ses vêtements, elle l'avait attiré contre elle en soupirant, mon petit, mon enfant, et elle s'était laissé faire en fermant les yeux. Sa peau était douce et fraîche et si elle n'avait plus la fermeté d'une peau de jeune fille, André ne le sut jamais car c'était la première femme qu'il tenait dans ses bras. Ils s'étaient mariés quelques mois plus tard, dans l'église du village de Jeanne-Marie. Les parents d'André n'étaient pas ravis de le voir épouser une femme bien plus âgée que lui mais il lui semblait que ce qu'il avait vécu l'autorisait maintenant à agir sans avoir à se soucier du consentement de ses parents. Toute la famille de Jeanne-Marie jetait des regards admiratifs sur l'uniforme de saint-cyrien dans lequel il s'agenouillait devant l'autel, le cœur débordant de gratitude envers le Seigneur qui nous délivre du mal. Une fille était née au bout d'un an et, quand la femme de Marcel était morte en couches quelque part au bord du fleuve Niger, Jeanne-Marie avait recueilli le petit garçon afin qu'il reçoive les soins que son frère ne pouvait pas lui donner seul et qu'il ne manque pas de la présence féminine nécessaire à son épanouissement. Marcel devait reprendre Jacques, son fils, plus tard, mais il ne l'a pas fait et n'en évoque jamais la possibilité. Depuis son mariage, le capitaine André Degorce a passé bien plus de temps séparé des siens qu'à leurs côtés. Les enfants lui ont semblé grandir par brusques poussées erratiques. Quand il est rentré d'Indochine, après sa captivité, pesant à peine plus lourd qu'à sa libération de Buchenwald, il a eu du mal à les reconnaître et Jeanne-Marie a pleuré en le voyant, comme dans le hall du Lutetia, en ce matin de printemps de 1945. Mais il a sans cesse pensé à eux et constamment agi de manière qu'ils n'aient pas à rougir de son nom. Il sait que ce n'est plus le cas aujourd'hui. Il se sent infiniment loin d'eux et il a pourtant peur que l'ombre fétide de son péché ne finisse par les atteindre.

Il dit fermement au colonel qui prend congé en se réjouissant bruyamment du bon déroulement de sa conférence de presse qu'il ne touchera pas un cheveu de la tête de Tahar.

— Personne ne vous le demande, Degorce, répond le colonel d'un ton pincé.

— Ça ne sert à rien, mon colonel, il n'y a personne au-dessus de lui à qui il pourrait nous mener. Vraiment, c'est totalement inutile.

— Eh bien, faites comme bon vous semble, mon vieux, et ne m'emmerdez pas avec ça, ce n'est pas mon problème.

(Pauvre idiot, pauvre idiot répugnant et poseur.)

Le colonel parti, il va voir Tahar dans sa cellule.

— Je suis désolé, dit le capitaine Degorce. Je suis désolé que vous ayez eu à subir tout ça. La presse. Le colonel.

Tahar se met à rire.

— Oui, dit le capitaine en riant aussi, surtout le colonel, n'est-ce pas ?

Il s'assoit en face de Tahar.

— On ne vous fera rien, vous savez.

— Je ne demande pas de faveurs, capitaine. Je suis prêt à être traité comme mes camarades.

— Ce n'est pas une faveur, ça n'a rien d'une faveur. C'est une question de... une simple question de logique, vous voyez. Vous ne pouvez pas vous dénoncer vous-même, n'est-ce pas ?

— Je comprends.

Le capitaine Degorce reste un long moment silencieux. Il se sent curieusement apaisé et n'a aucune envie de partir.

— J'ai vécu avec vous pendant de longues semaines, vous savez. Il y a votre photo dans mon bureau, je vous ai vu tous les jours. C'est étrange de penser que tout est fini.

Tahar regarde le capitaine avec curiosité.

— Mais rien n'est fini, capitaine, rien du tout.

— Comment ça ? Ce n'est plus qu'une question de temps, vous le savez aussi bien que moi.

— Vous parlez comme votre colonel, dit Tahar avec douceur. Le coup fatal porté à la rébellion et le reste. Mais ce n'est pas la vérité.

— Qu'est-ce que la vérité ? demande le capitaine.

— La vérité, elle est plus modeste, capitaine, dit Tahar en se penchant vers lui. La vérité, c'est que c'est moi qui suis fini, seulement moi, et ça n'a aucune importance parce que je ne compte pas.

Il n'y a rien de théâtral dans sa voix, aucune inflexion qui trahisse une immodestie quelconque ou le moindre désir d'être admiré. Il a simplement énoncé un fait et maintenant il s'allonge sur la paillasse et ferme les yeux en soupirant, comme pour se préparer au sommeil. Le capitaine ne peut s'empêcher de contempler encore le mystère de son sourire. Il se lève.

— Je reviens vous voir demain. Si vous avez besoin de quelque chose, n'hésitez pas à me le faire savoir.

— J'ai besoin de ma liberté, dit gaiement Tahar.

— Je voulais parler de quelque chose qu'il est en mon pouvoir de vous offrir.

*

"André, mon enfant, mon aimé, nous pensons tant à toi. Notre petite Claudie n'arrête pas de me demander si tu pourras être avec nous pour son anniversaire. Crois-tu que tu pourrais ? Je sais que tu fais ton possible mais elle en serait si heureuse. Et moi aussi. Ecris-moi ce que je dois lui dire. Aujourd'hui, il a fait très beau et leur oncle Jean-Baptiste a emmené les enfants sur la plage manger des oursins. Je suis donc restée seule à la maison avec maman et rien n'a pu me distraire de ta chère pensée. André, mon enfant..."

Les mots de Jeanne-Marie lui procurent une émotion totalement démesurée, comme si tous ceux qu'il aime étaient morts depuis mille ans et qu'il venait de découvrir la dernière trace de leur passage sur terre. L'avenir a été balayé et englouti, son épouse n'est plus que poussière et elle évoque du fond de son tombeau, avec une cruauté inouïe, l'anniversaire d'une petite fille morte il y a bien longtemps. Le capitaine Degorce interrompt sa lecture. Il parcourt distraitement une lettre de ses parents, puis une autre, de son beau-frère Marcel qui, depuis les rives du Niger détesté, semble l'avoir élu dépositaire de ses délires hypocondriaques et s'entête à l'inonder de missives désespérées, grouillantes d'un bestiaire abominable qu'il décrit avec une inquiétante minutie, parasites des yeux et du foie, larves anthropophages, monstres à l'affût dans la moiteur tropicale, Nègres possédés, et il pleure inlassablement sa disparition prochaine et le fils qu'il ne reverra pas. A chaque nouvelle lettre, Marcel lui explique qu'il a miraculeusement survécu à une maladie pourtant mortelle mais qu'il vient d'identifier le jour même les symptômes de celle qui va l'emporter et le capitaine Degorce en vient presque à souhaiter qu'il crève une fois pour toutes.

"André, mon enfant, tu ne peux pas imaginer à quel point tu me manques. Je rêve souvent que ces terribles événements sont terminés et que tu reviens près de nous. Je suis certaine que ce jour arrivera, peut-être bientôt. André, n'oublie pas que ta vie est précieuse et que..."

— Mon capitaine, les gars d'Andreani sont là.

— J'arrive tout de suite. Ils nous en prennent combien, ce soir ?

— Deux, mon capitaine. Le Kabyle et la fille du Telemly.

Les prisonniers du capitaine ne sont que de passage. Au bout de quelques jours ou de quelques heures, ils laissent la place à ceux qui arrivent. On les emmène. Ils sont conduits dans un camp de transit. Ou déférés au procureur. Ou remis au lieutenant Andreani. Le capitaine Degorce ignore les règles qui président à cette sélection. Peut-être n'y a-t-il pas de règle. Les prisonniers sont si nombreux qu'il est impossible de traiter leur cas individuellement. C'est peut-être l'œuvre d'un mécanisme aveugle, aléatoire et définitif comme le destin. Un camion bâché est garé dans la rue déserte. Il fait très froid et la lune déclinante est tout auréolée de brume. Les hommes d'Andreani bavardent avec l'adjudant-chef Moreau. Le capitaine Degorce reconnaît Belkacem le harki et le petit séminariste à tête de fouine qui sert de secrétaire au lieutenant. Ils saluent le capitaine qui leur répond d'un vague signe de tête. On amène Abdelkrim et la fille. Belkacem les fait monter à l'arrière du camion. Abdelkrim frissonne, les yeux baissés. La fille regarde le capitaine avec une expression impénétrable. Le camion disparaît dans la nuit.

— Et chez Andreani, mon capitaine, demande l'adjudant-chef, vous croyez qu'elle va rigoler, la fille ?

— Je n'en sais rien, Moreau, et ce n'est pas le problème. Ce qui se passe chez Andreani, je n'y peux rien.

*

"André, n'oublie pas que ta vie est précieuse et que nous t'aimons plus que tout. Ne t'expose pas inutilement. Pense à moi. Pense à nous. Et, s'il te plaît, n'y vois aucun reproche mais, si tu en trouves le temps, tâche de nous écrire des lettres un peu plus longues et détaillées. Rien de ce que tu fais ne peut nous ennuyer et les enfants, surtout, voudraient que..."

Le capitaine n'arrive plus à se concentrer sur sa lecture. Il n'est plus ému. Le sens des mots pénètre difficilement son esprit et il finit par renoncer. Il range la lettre dans un tiroir, avec celle de ses parents, et jette le courrier de Marcel à la corbeille. Il lui semble que, s'il se couchait maintenant, il pourrait dormir mais il sait que ce n'est qu'une sensation trompeuse. Il prend du papier et commence à écrire. Il cherche des mots tendres et les mots fuient.

(Il n'y a plus de mots pour Dieu. Il n'y a plus de mots pour les miens.)

Il ouvre la fenêtre et fume une cigarette en regardant la lune. Il espère que Tahar dort paisiblement. En fait, il n'en doute pas une seconde et il pense à son prisonnier avec une vague rancœur envieuse. Il revient à son bureau et, sans même s'asseoir, il écrit : "Mon cher amour, mes enfants adorés, il est malheureusement inenvisageable que je puisse obtenir une permission pour l'anniversaire de Claudie. Ici, rien à signaler. Tout va pour le mieux. Je vous aime bien tendrement." Il rédige hâtivement l'adresse de Jeanne-Marie sur une enveloppe qu'il jette sur la pile de courrier au départ. Dans sa chambre, il ne prend même pas la peine de s'agenouiller pour sa prière du soir. Assis sur son lit, il ouvre sa bible. Il lit : "Qu'as-tu fait ? La voix du sang de ton frère est montée du sol vers moi." Il la feuillette encore un moment avant de la refermer. Il s'apprête à se laisser dériver entre l'insomnie et les rêves qu'il ne veut pas faire.

Comment vous aurais-je oublié, mon capitaine, moi qui vous aimais tant, moi qui vous aimais plus encore que je ne vous méprise aujourd'hui, et je vous méprise pourtant au point de vous avouer sans honte combien je vous aimais. Oh, je vous aimais comme un frère, un frère éblouissant de jeunesse et d'héroïsme, et je me souviens très bien de votre main posée sur mon épaule, en ce mois de mai 1954, tandis que nous défilions tous en une longue cohorte fantomatique sous les yeux de nos vainqueurs. C'était la fin du monde, mon capitaine, nous n'étions plus que les vestiges pitoyables d'un empire en ruine, mais votre main sur mon épaule me préservait du désespoir de n'être pas mort au combat et j'étais heureux, je m'en souviens très bien, heureux d'être resté vivant et de pouvoir marcher auprès d'un homme comme vous, qui refusait de baisser les yeux comme le faisaient tous nos camarades en passant devant la caméra que des opérateurs russes braquaient sur nous afin que le monde entier soit témoin de notre humiliation et puisse rire de notre ancienne arrogance. Car il ne restait rien de notre arrogance, mon capitaine, alors que nous avancions en boitant dans nos carapaces de boue et que l'œil obscène de la caméra rendait nos blessures plus douloureuses, et plus répugnantes les loques ensanglantées qui avaient été nos tenues de combat, il ne restait rien de notre courage, il ne restait rien de nous, et vraiment, baisser les yeux était la seule chose que nous puissions encore faire mais vous, mon capitaine, dès que nous sommes entrés dans le champ de la caméra, vous avez relevé la tête et fixé l'objectif et vous avez posé la main sur mon épaule et vous m'avez dit, levez la tête, Horace, regardez bien ces salauds, regardez-les bien en face, vous n'avez à rougir de rien, et je me suis soudain senti si fier, mon capitaine, si fier d'être à vos côtés qu'une incompréhensible joie de vivre m'a presque coupé le souffle. Je vous aimais, mon capitaine, et vous me sembliez alors bien plus admirable que je ne l'avais espéré en écoutant votre beau-frère Jean-Baptiste Antonetti me parler encore de vous, à la veille de mon parachutage, dans ce bar de Hanoï que fréquentaient mes compatriotes pour y partager leurs rancœurs et leur nostalgie, ce bar où j'avais passé de si longues semaines d'attente à boire le mauvais alcool qui baignait mes rêves de bataille et de sang, mes rêves de mort, mon capitaine, tandis que Jean-Baptiste me parlait de vous, entre deux évocations hébétées de la terre ingrate de notre enfance que nous ne parvenions pas à détester, et il me disait votre force et votre bravoure, il remerciait le ciel qui avait permis à sa sœur de rencontrer un homme comme vous, comme si sa famille tout entière s'était trouvée brutalement ennoblie par votre seule présence, comme si, par la grâce mystérieuse de votre parenté, lui-même avait dépassé pour toujours sa condition de sous-officier du train achevant une carrière médiocre, et il disait que vous ne mourriez pas à Diên Biên Phu, car vous étiez de ceux qui survivent aux pires apocalypses, et il lui aurait sans doute suffi de boire un verre de plus pour finir par prophétiser que vous ne mourriez jamais. J'ai si longtemps attendu de vous rejoindre, mon capitaine, nuit après nuit, dans ce bar de Hanoï et les pluies battantes de la mousson emportaient les scories de mes nostalgies mensongères, j'oubliais ma famille, je me débarrassais de tout ce qui me rattachait à la vie, tout ce qui m'entravait, je me rendais pur et disponible et jamais je n'ai été aussi désespérément libre qu'au moment de monter dans le transport de troupes américain qui allait enfin m'amener vers vous. Votre beau-frère Jean-Baptiste m'a serré contre son cœur en me demandant de vous embrasser de sa part et il m'a regardé une dernière fois avec la tendresse craintive qu'on réserve aux défunts mais cela ne m'a pas troublé et je me suis installé dans l'avion, sanglé dans mon parachute, aux côtés d'inconnus aussi joyeux que si nous étions tous attendus à une fête. Nous n'avions plus foi en rien d'autre qu'en la beauté inutile du sacrifice. La perspective de notre mort prochaine nous enivrait, mon capitaine, et nous étions joyeux parce que nous savions que cette exaltation qui rendait la mort désirable est la plus haute bénédiction à laquelle puissent prétendre les hommes. Les premiers tirs de DCA ont ébranlé la carlingue, la porte s'est ouverte et nous volions si bas que j'ai senti l'odeur humide et douce du massacre en basculant dans le ciel liquide. Je me souviens encore de ma surprise et, je peux vous le dire aujourd'hui, de ma déception la première fois que je vous ai vu, mon capitaine, je m'en souviens très bien, les récits de Jean-Baptiste m'avaient préparé à rencontrer une espèce de héros antique aux membres d'airain trempés dans les eaux noires du Styx et non le lieutenant juvénile et mélancolique que vous étiez alors, qui semblait si fragile, mon capitaine, et je me souviens que vous avez hoché tristement la tête en disant, mais qu'est-ce que vous venez foutre ici ? A quoi bon ? tout est terminé, c'est une connerie absurde, absurde et criminelle, et j'ai été blessé que vous ne vous sentiez pas reconnaissant envers ceux qui venaient mourir avec vous, mais il est vrai que vous m'avez blessé tant de fois, mon capitaine, sans même vous en rendre compte. Je vous ai dit que Jean-Baptiste vous embrassait. Vous m'avez répondu que cette commission justifiait complètement ma présence et, dans le fracas et la puanteur, vous m'avez souri. Vous avez crié pour me présenter aux survivants de votre section. Voici le sous-lieutenant Andreani, qui nous fait l'honneur de venir partager notre sort. Un caporal au bras bandé m'a adressé un vague salut sans s'arrêter de tripoter la radio. Les autres ne m'ont même pas regardé. Nos pièces d'artillerie pilonnaient au hasard, à travers la brume, le flanc de montagnes invisibles, un déluge de pluie et d'acier tombait sur nous avec une régularité implacable et, tout autour de nous, le champ de bataille se soulevait comme un effroyable océan de boue, avec ses tourbillons et la crête de ses vagues immobiles qui charriaient des débris de chair et de métal. Tout près de nous, un blessé gémissait avec une douceur qui m'a rappelé le hululement de la chouette dans les nuits d'août de mon enfance. J'ai entendu hurler dans toutes les langues du monde. Une main noire surgissait d'un talus comme pour saisir quelque chose d'inconcevable. J'ai essayé de vous rendre votre sourire et je n'avais toujours pas peur de mourir mais j'ai murmuré, c'est l'enfer, je m'en souviens très bien, c'est l'enfer, d'une voix tremblante que je ne me suis pas pardonnée, et vous m'avez dit, non, ce n'est pas l'enfer, lieutenant, mais c'est toute l'hospitalité qu'ont à vous offrir les maîtresses du colonel de Castries, Béatrice, Isabelle, Anne-Marie,

Gabrielle, Claudine, Eliane, et toutes les femmes qui hantaient la mémoire de notre commandant au point qu'il avait donné leurs prénoms aux positions sur lesquelles il nous fallait alors mourir, et qu'auraient-elles pensé, mon capitaine, toutes ces femmes dont nous ne connaîtrons jamais le visage en voyant leur amant vieilli promener son long nez d'aristocrate et sa silhouette voûtée dans cet écheveau de tranchées puantes, au milieu de son armée de morts-vivants ? comment auraient-elles pu reconnaître celui qui leur donnait des rendez-vous secrets dans une chambre lumineuse aux fenêtres ouvertes sur le printemps parisien et frottait si audacieusement le gilet écarlate de son uniforme de cavalier à leurs seins nus ? J'ai si souvent pensé à elles, mon capitaine, sous le feu incessant, j'imaginais leurs corps parfumés allongés dans la chaleur des draps, la caresse de leurs mains, et je sentais que la terre qui nous engloutissait avait gardé quelque chose d'elles, la boue tiède comme leurs bras berçant doucement les mourants avant de les emporter dans ses profondeurs voluptueuses où plus rien ne pourrait les atteindre, il était alors si facile de se battre, si tentant de mourir, et je ne comprends pas comment j'ai pu oublier quel prénom de femme portait la position que j'ai défendue nuit et jour à vos côtés, était-ce Eliane, mon capitaine ? était-ce Huguette ? était-ce Dominique ? Je ne m'en souviens plus, moi qui me souviens de tout, je l'ai oublié, mon capitaine, comme j'ai oublié le prénom de la mariée algérienne, égorgée des années plus tard au bord d'une longue route désertique, entre Béchar et Taghit, ma mémoire refuse de retenir les prénoms de femme, c'est ainsi, mon capitaine, si fort que je pense à elles, leurs prénoms s'effacent, et je ne sais plus si elle s'appelait Kahina, Latifa ou Wissam, mais je sais que des hommes qui ressemblaient comme des frères à votre ami Tahar l'ont tuée, et ils ont répandu dans la poussière toutes les pièces de son trousseau, d'affreuses chaussures dorées à talons hauts, des dessous en synthétique cousus de fausses perles, des robes brodées aux couleurs criardes, toutes les pièces d'argenterie tarabiscotée qui auraient dû noircir au fond d'un tiroir de la demeure conjugale et que le vent du désert a recouvertes de sable. J'ai lu son nom dans le journal en buvant du whisky sous le jasmin du Saint-George, comme aux temps de ma jeunesse impitoyable, avant de rappeler le chauffeur de taxi pour qu'il me conduise vers la maison de famille que je m'étais inventée, j'ai lu son nom, mon capitaine, en me jurant de ne l'oublier jamais, et je ne m'en souviens plus. Elle n'était pas toute jeune, de cela, je me souviens très bien, elle avait un peu plus de trente ans et, assise à côté de son mari engoncé dans un costume tout neuf, en sueur sous le maquillage, alors que tous les invités de la noce tapaient dans leurs mains en chantant, je mourrais pour toi, Sara, tu es ma vie, Sara, elle devait penser en rougissant un peu de son impatience que son sang allait enfin être versé, mais pas comme ça, mon capitaine, pas comme il le fut ce soir-là, entre Taghit et Béchar, sur cette route que nous connaissons si bien. Le monde est vieux, mon capitaine, et nous n'échapperons pas à la souillure du sang, nous n'en serons pas absous, jamais, c'est notre malédiction et notre grandeur, je suis désolé d'avoir à vous le répéter, moi qui l'ai peut-être compris dès la nuit décisive de mes seize ans au cours de laquelle me fut révélé une fois pour toutes ce qu'allait être ma vie. C'était la fin de l'automne 1942, mon capitaine, je m'en souviens très bien, et mon cousin et moi avions trouvé un soldat italien en train de rôder autour de l'enclos misérable dans lequel ma mère élevait trois poules chétives, il était à peine plus âgé que nous et il tremblait de peur, il avait faim, mon capitaine, mais nous étions si indignés qu'on nous vole le peu que nous possédions, et si heureux de trouver quelqu'un à qui faire payer notre misère que nous l'avons tué sans réfléchir, à coups de pioche, dans un état d'exaltation presque surnaturel. Nous avons traîné son cadavre aussi loin que possible de notre maison, en dehors du village. Il avait sur lui la photographie d'une jeune fille au visage ingrat et deux lettres que nous avons déchirées sans les lire. Nous avons pris son fusil, son portefeuille, sa plaque et ses grenades et nous avons couru rejoindre les maquis de l'Alta Rocca, nous courions à perdre haleine et mon cousin s'est mis à geindre, qu'est-ce que nous avons fait, Horace ? qu'est-ce qu'on va devenir ? mais je ne lui ai pas répondu parce que ça ne m'intéressait pas. Mes mains étaient tachées de sang et la vie que j'avais connue était terminée. Je n'en éprouvais ni joie ni regrets. Je me contentais de courir et je savais que je suivrai ce chemin jusqu'au bout, en étouffant les murmures de mon cœur, et je l'ai suivi, mon capitaine, je l'ai suivi jusqu'en septembre 1943 au col de Bacinu, où les mitrailleuses de la division SS Reichsführer clouèrent mon cousin au sol, tout près de moi, en ne lui permettant de me laisser, en guise d'adieu, qu'un peu de son sang sur la joue, je l'ai suivi jusqu'à la poche de Colmar, en janvier 1945, et jusqu'en Allemagne et, par-delà les mers, sous les pluies de la mousson, je l'ai suivi jusqu'à vous, mon capitaine, vous que j'aimais tant. Je vous regardais et je pensais qu'il me suffirait de mourir ici pour que ma vie soit parfaite. Oh, vous étiez admirable, mon capitaine, il me coûte de l'avouer aujourd'hui, mais c'est la vérité, vous étiez nimbé d'une aura de grâce, la grâce la plus pure, dans chacun de vos gestes. Les sapeurs viets creusaient des galeries circulaires autour de nos positions, pour les isoler et les détruire, l'une après l'autre, Anne-Marie, Marcelle, Eliane, et tous les jours s'élevaient de la radio des voix de camarades inconnus qui disaient, c'est la fin, adieu, les gars, adieu, des voix pleines de tristesse et de fureur auxquelles nous répondions, courage, adieu, adieu, en attendant qu'arrive notre tour et lorsque notre tour est arrivé, vous avez simplement demandé, pourquoi leur rendre la tâche facile ? et nous avons rampé en direction du bruit mouillé des pelles qui s'enfonçaient en cadence dans la terre gorgée d'eau, nous avons lancé nos grenades avant de nous glisser derrière vous dans la galerie et nous nous sommes battus au corps à corps, à coups de poing, à coups de couteau, à coups de dents, portés par une ivresse merveilleuse que je n'oublierais pas. En reprenant notre souffle, nous avons pu voir que ceux que nous venions de tuer n'avaient pas plus de quinze ou seize ans. Ils étaient étendus dans la boue, minces et frêles, et la mort leur donnait l'air de tout petits enfants, le visage tordu par une moue capricieuse. Nous avons fait sauter les étais, la glaise a repris les cadavres, et nous nous sommes repliés. Tous les jours, nous avons recommencé et, chaque fois, j'avais le sentiment d'aller retrouver moi aussi, le cœur battant, une maîtresse adorée qui succomberait bientôt. Quand l'état-major du général Giap nous a accordé un répit en désignant une autre cible, vous nous avez serré la main, vous avez encore murmuré, pourquoi leur rendre la tâche facile, n'est-ce pas ? et vous êtes allé vous asseoir un peu à l'écart, les yeux fermés. Non, ce n'était pas l'enfer, et je me sentais rempli d'un amour immense pour chacun des hommes épuisés qui s'endormaient autour de moi dans des couvertures crasseuses et détrempées, et surtout pour vous, mon frère, mon capitaine, car c'était en vous qu'ils puisaient leur courage et leur étrange beauté, et je savais que, sans vous, ils s'éteindraient comme des astres privés de chaleur. Ne vous offusquez pas, je vous en prie, j'ai le droit de vous appeler mon frère, nous avons été engendrés ensemble par la même bataille, sous les pluies de la mousson, les mêmes ombres de femmes aimantes se sont penchées sur nous, et c'est encore ainsi que je veux vous appeler. Certaines choses ne peuvent être défaites, fût-ce par le mépris. J'aimais votre solitude et votre silence, mon frère, mon capitaine, j'aimais votre gaieté, j'en venais même à aimer votre piété, moi qui savais qu'au-delà des nuages de la mousson le ciel immense était vide, et l'univers aveugle, et je vous accompagnais à la messe où nous écoutions sous la pluie l'homélie d'un aumônier hagard qui levait son calice derrière un autel de planches et de tréteaux rouillés, indifférent aux sifflements des obus de 105, et regardait s'incliner toutes ensemble les nuques blafardes des officiers, comme si le poids d'une caresse invisible les courbait doucement vers la terre. J'essayais de deviner vos prières. Que pouvait-il nous être encore accordé ? Nous étions une bête abattue, énorme et vulnérable, dont toute la chair avait été arrachée, morceau par morceau, mais l'on s'obstinait à nous parachuter depuis Hanoï des renforts inutiles qui descendaient du ciel en même temps qu'une myriade de médailles et de citations, des lettres d'amour écrites par des inconnues, des arrêtés de promotion, des bouteilles de champagne, l'étoile étincelante qui remerciait le colonel de Castries d'avoir permis que son nom et celui des femmes qu'il avait aimées restent associés à jamais à cette boucherie, vos galons de capitaine et la deuxième barrette dorée par laquelle m'était accordé le privilège de mourir dans la peau d'un lieutenant d'active, et toutes les choses dérisoires qui ont illuminé notre agonie comme un feu d'artifice. Le jour où nous parvint l'ordre du cessez-le-feu, le silence est tombé sur nous, d'un seul coup, dans l'après-midi, je m'en souviens très bien. Je n'étais pas mort et j'avais oublié ce qu'était le silence. Ma vie était devenue subitement injustifiable. Nous avons brisé nos armes et noué quelques affaires dans des morceaux de toile de parachute. Les soldats du Viêt-minh sont sortis de la brume. Ils nous ont rassemblés sur ce qui avait été le terrain d'aviation, entre les cratères remplis d'eau noire, et répartis par grades. Les Russes installaient leurs caméras. Un peu plus loin, le général de Castries montait dans un camion avec un groupe d'officiers supérieurs. Nous avons marché pendant des semaines dans la jungle, sous la voûte d'arbres immenses dont les cimes avaient été liées entre elles par des cordes, nous avons franchi des rivières, traversé des villages sous une pluie de crachats, passant sans nous arrêter devant les blessés assis au bord du chemin qui nous regardaient de leurs yeux déjà vides et froids comme des miroirs, et vous avez compris bien avant moi, mon capitaine, qu'ils avaient été abandonnés là par nos propres camarades, vous l'avez tout de suite compris et je voyais l'angoisse s'installer sur votre visage tandis que vous me répétiez, faites attention à vous, Horace, maintenant plus que jamais, vous ignorez ce que vous allez devoir affronter, et nous avons continué à marcher jusqu'au camp de rééducation, toujours plus vite, en laissant mourir les nôtres sur la route. Il n'y avait pas de barbelés mais seulement les ténèbres de la jungle. On apercevait un peu partout des monticules de terre. Des soldats français squelettiques, survivants de la RC 4, étaient allongés sur une bâche trempée. Nous formions un groupe d'une quarantaine d'officiers subalternes et c'était la fin du monde. Plus rien ne nous liait les uns aux autres. J'étais incapable de le supporter. La possibilité de survivre avait remplacé la certitude de la mort et elle se transformait en un désir avide, impérieux, un désir abject qui balayait tout, le courage, la dignité du désespoir, le passé commun et j'ai dû écouter, dès le premier jour, le capitaine Lestrade, qui se rasait soigneusement tous les matins avec un minuscule morceau de lame pour préserver son honneur d'officier français, nous conseiller d'accepter la proposition des Viets que le poids des portions de riz soit calculé en fonction des grades. Vous avez simplement annoncé, presque en murmurant, que vous n'aviez jamais eu beaucoup d'appétit et que vous vous contenteriez d'une ration de deuxième classe, quelle que soit la décision qui serait prise. J'ai dit qu'il en était de même pour moi. Un sous-lieutenant dont le galon luisant révélait qu'il venait d'être promu a dit, moi aussi, une ration de deuxième classe, et, à son accent, j'ai tout de suite reconnu en lui un compatriote. Au bout d'un moment, d'autres voix se sont élevées, mais je savais bien qu'elles se seraient tues avec soulagement si vous n'aviez pas parlé, et le capitaine Lestrade a baissé les yeux en silence. Je suis allé voir le sous-lieutenant et je lui ai demandé d'où il était. Il s'appelait Paul Mattei, vous devez vous le rappeler, mon capitaine, et pendant que vous lui serriez la main, j'ai vu le capitaine Lestrade vous jeter furtivement un regard plein de honte et de ressentiment. A-t-il eu le temps de penser à la bassesse, à l'inutilité de tout cela, le capitaine Lestrade, a-t-il eu le temps de comprendre que quelques grammes de riz supplémentaires n'auraient rien changé pour lui, en a-t-il eu le temps, mon capitaine ? avant que nous ne creusions sa tombe, moins de trois semaines plus tard, sous une pluie battante, nos muscles tétanisés d'avoir dû manier la pelle si souvent pour creuser tant de tombes, celle du lieutenant Thomas, celle du lieutenant Maury de la Ribière, celle de tous ces hommes qui espéraient vivre et s'étaient pourtant laissé prendre aux mirages de la soif au point de laper comme des chiens l'eau souillée qui les avait fait se traîner vingt fois par jour aux latrines jusqu'à ce qu'ils n'en aient plus la force et agonisent l'un après l'autre dans une flaque pestilentielle de sang et de glaires en rêvant encore dans leur fièvre au jour de notre libération et, tandis que nous les poussions dans la fosse, l'un après l'autre, vous me répétiez, mon capitaine, que tel était l'homme nu, et que sa faiblesse était telle qu'il ne méritait pas notre haine, et j'admirais votre inaltérable bienveillance même si je ne pouvais ni la partager ni même la comprendre car, vraiment, mon capitaine, c'était maintenant plus que je ne pouvais en supporter et, sans vous, je n'aurais pas survécu, je ne suis pas sûr de devoir vous en remercier mais je sais que je n'aurais pas survécu, la rage qui m'étouffait constamment aurait fini par me tuer, je sentais sa chaleur m'envahir devant les cadavres décharnés que nous ensevelissions sous la pluie, ses voiles cramoisis obscurcissaient mon regard à chacune des séances de rééducation durant lesquelles nous devions subir les discours convaincus du commissaire politique sur le sens de l'histoire et la venue de l'homme nouveau, comme si l'homme nouveau n'était pas déjà là, devant lui, à cet instant même, maigre et puant, ses dents déchaussées baignant dans le cloaque des gencives, comme il l'avait toujours été depuis le début du monde, et comme il le serait à jamais, vous le savez comme moi, mon capitaine, mais le commissaire politique continuait à débiter les mêmes inepties et je tremblais littéralement de rage devant ses mines de jésuite, son sourire compréhensif et impitoyable, son ton d'instituteur, il me révulsait au point que je n'ai pas pu m'empêcher de lui dire que les communistes n'avaient institué qu'une internationale de l'ordure, je n'ai pas pu m'en empêcher, mon capitaine, et je le lui ai dit avec un indicible soulagement, en espérant peut-être qu'il me ferait mettre une balle dans la nuque et que toute cette comédie intolérable prendrait fin, mais il s'est contenté de me regarder d'un air désolé qui a décuplé ma rage et, le soir, en arrivant devant moi, le soldat qui distribuait la nourriture a jeté mon riz dans la boue souillée de diarrhées sanglantes. Vous m'avez tendu la moitié de votre ration, comment l'aurais-je oublié, mon capitaine ? et je vous ai dit, non, André, ne faites pas ça, pensez à vous, mais vous avez récité, en clignant de l'œil, l'homme ne vit pas que de pain, et j'ai éclaté de rire, je m'en souviens très bien, le jeûne ne m'effrayait pas, je rêvais de me débarrasser de tous mes organes, de jeter loin de moi mes intestins tordus par les crampes, mon cœur et mon foie, je rêvais de tarir la source des fluides que je persistais à sécréter malgré moi pour devenir propre et sec comme du bois mort mais vous avez cligné de l'œil et j'ai éclaté de rire. Paul Mattei s'est assis près de nous et nous avons partagé notre nourriture tous les trois pendant que les autres suçaient leur boulette de riz et regardaient ailleurs en la faisant lentement rouler sous la langue jusqu'à ce qu'elle ait fondu. Oh, je vous aimais tant, mon capitaine, et si l'amour ne m'avait pas si radicalement aveuglé, je serais mort là-bas, je vous aurais lancé votre riz au visage et je ne me serais pas laissé convaincre de faire mon autocritique complète et d'exprimer publiquement ma gratitude envers Hô Chi Minh pour que le commissaire politique condescende à donner l'ordre de me nourrir à nouveau, car tout ce que j'aimais en vous n'était que le masque d'un orgueil incommensurable, mon capitaine, vous n'étiez pas un imbécile comme Lestrade, vous saviez bien que votre honneur ne dépendait pas d'un rasage quotidien et la haute idée que vous aviez de vous-même exigeait que vous jouiez constamment la comédie de la fraternité et de l'abnégation, ce que vous n'aviez aucun mal à faire car, en vérité, mon capitaine, vous étiez dans ce camp comme sur votre terre natale, vous jouissiez du rôle que vous pouviez y tenir et dans lequel vous excelliez, il faut l'avouer, parce que vous vous y étiez préparé toute votre vie, et si vous pouviez disserter au sujet de l'homme nu sur les cadavres de Lestrade, de Maury de la Ribière et de Thomas, que le spectacle répugnant de leur propre nudité avait tués plus sûrement que l'amibiase, c'est que vous vous sentiez vous-même bien à l'abri dans la cuirasse douillette de votre orgueil. Je ne doute pas une seconde que vous seriez mort plutôt que de vous abaisser à la plus insignifiante mesquinerie, et Dieu sait que je vous ai aimé pour cela, mon capitaine, alors qu'il est finalement si facile de mourir, c'est une tâche dont tout le monde s'acquitte infailliblement et qui ne mérite pas qu'on s'en émerveille, tout le monde en sait assez long pour mourir, les bourreaux et les martyrs, les héros et les lâches, les jeunes mariées candides et les petites demoiselles d'honneur de neuf ans, oh, non, je ne doute pas que auriez su mourir avec panache et dignité, mais il n'y a rien qui me dégoûte davantage que les hommes imbus d'eux-mêmes au point de se soucier de mourir dignement, les hommes comme vous, mon capitaine, qui consacrent tous leurs efforts à mettre leur vie en scène jusqu'à l'apothéose finale, j'imagine que la mariée de Taghit a dû pleurer et se lamenter en vain dans le désert, mon petit séminariste a peut-être appelé sa mère et supplié le Dieu auquel il ne croyait plus de lui venir en aide, votre ami Tahar lui-même vous aurait certainement déçu si vous aviez pu assister à sa fin, ils sont tous morts salement, comme meurent les hommes, et ça n'a aucune importance, nous n'avons jamais eu besoin d'hommes qui sachent mourir, nous avions besoin d'hommes qui sachent vaincre et qui soient capables sans hésiter de sacrifier à la victoire tout ce qu'ils avaient de plus précieux, leur propre cœur, leur âme, mon capitaine, et vous qui n'avez jamais craint la mort, la perspective de la victoire vous a empli d'une terreur indescriptible et enfin mis à nu, à votre tour, pour la première fois de votre vie, dans l'humidité des caves algériennes où la nudité tremblante de vos prisonniers vous renvoyait votre image sans que vous ne puissiez vous en protéger. Vous avez tort, mon capitaine, je le sais aujourd'hui, la faiblesse mérite bien notre haine, surtout quand elle doit se payer au prix exorbitant d'une défaite supplémentaire et je ne veux pas vous pardonner, fût-ce au nom de l'amour que je vous ai porté et qui m'a si longtemps aveuglé qu'il m'est impossible de l'oublier, car je vous aimais au point de me réjouir d'abord, au moment où l'on me redistribuait mon riz, que vous n'ayez plus à vous priver de nourriture pour moi. Les Viets ont fini par rajouter à nos rations des miettes de viande et des morceaux de fruits que nous avons mangés en salivant, sans même chercher à comprendre ce qui nous valait ce privilège. Paul Mattei a dit, ils vont nous libérer, ils essaient de nous remplumer un peu, ils vont nous libérer.

Je me suis rendu compte qu'il y avait bien longtemps que je ne pensais plus à la libération. Je m'étais peu à peu installé dans un monde dont les limites n'excédaient pas celles de l'instant présent. Je me suis assis près de vous sur la plateforme du camion qui nous ramenait vers les nôtres et vers un monde si vaste qu'il nous avait déjà oubliés. Dans les villages, plus personne ne nous crachait dessus. Avant de nous remettre aux soldats français, le commissaire politique est venu nous serrer la main et aucun de nous n'a refusé de le faire. Des médecins militaires nous ont pris en charge et c'est seulement en voyant leur regard que j'ai mesuré l'ampleur de ma déchéance physique. De notre groupe, nous étions dix-sept survivants. Nous nous sommes réparti la tâche d'écrire aux familles des morts et c'est à moi qu'il est revenu de témoigner de la fin du capitaine Lestrade, et de celle des lieutenants Thomas et Maury de la Ribière. Vous m'avez demandé, je m'en souviens très bien, mon capitaine, Horace, vous sentez-vous capable d'écrire ces lettres comme il importe qu'elles le soient ? J'ai répondu que je le ferais et je l'ai fait, rappelez-vous, j'ai toujours su qu'il y avait dans la loyauté quelque chose d'infiniment supérieur à la vérité. Nous avons retrouvé votre beau-frère Jean-Baptiste, dans le bar de Hanoï qu'il semblait n'avoir jamais quitté dans l'attente de vous y accueillir, et nous avons bu sans trinquer à rien, l'alcool me brûlait, je me suis laissé emporter par une ivresse irrémédiable comme la fin du monde, et des putains toutes vibrantes de patriotisme ont noué leurs bras incroyablement charnus autour de nos cous, Paul Mattei enfouissait son visage dans les seins d'une fille qui riait et j'entendais votre voix qui disait timidement, je vous en prie, ne m'en veuillez pas, tandis que Jean-Baptiste assurait qu'il ne dirait rien à sa sœur et que vous lui répétiez, non, ce n'est pas la question et j'ai cessé de penser à vous, mon capitaine, j'ai serré la fille contre moi et je lui ai demandé son prénom qu'elle a murmuré en faisant glisser le bout de sa langue de mon oreille à la commissure de mes lèvres mais je n'ai pas voulu l'embrasser, le saignement continu de mes gencives me laissait dans la bouche un goût de métal qui me faisait honte, j'ai touché ses fesses à travers sa robe et j'ai respiré son parfum au fond duquel flottait encore l'odeur sucré des cadavres jusqu'à ce qu'elle m'entraîne dans une chambre où je dus réapprendre la saveur de la chair vivante. J'ai posé longuement ma tête sur son ventre qui était moelleux comme la boue, j'ai réussi à attraper sa cheville perdue dans les brouillards de l'alcool et, quand mes doigts ont effleuré son pied, je l'ai entendue réprimer un petit rire amusé. A nouveau, je lui ai demandé son prénom et elle l'a répété, d'une voix forte et claire qui a résonné dans l'obscurité, elle l'a répété mais voyez-vous, mon capitaine, je ne m'en souviens pas.

28 MARS 1957 : DEUXIÈME JOUR

Matthieu, XXV, 41-43

Chaque matin, il faut retrouver la honte d'être soi-même. Mais avant cela est accordée la grâce d'un répit secret. Le rêve de la nuit se désagrège et se replie dans les ténèbres, ne laissant subsister dans le cœur du capitaine André Degorce que la vague prémonition d'un deuil à mener. Il n'a pas de passé, pas de famille, pas de nom. Il est simplement allongé sur son lit, les yeux ouverts sur la lumière d'une aube qu'il ne reconnaît pas. Rien n'existe encore en ce monde si ce n'est l'image incroyablement apaisante de Tahar, assis sur sa paillasse, les pieds et les mains liés, souriant à quelque chose d'invisible. Le capitaine Degorce voudrait jouir encore de la douceur de l'oubli mais il ne peut s'empêcher de se demander qui est cet homme et il se le rappelle brutalement. La mémoire est sans pitié.

(Je suis un geôlier. Son geôlier.)

Assis sur le bord de son lit, il considère avec dégoût ses jambes nues, la chair de poule parcourue de frissons, les poils hérissés sur la peau livide de ses cuisses. Il s'habille en ayant le sentiment de soustraire aux regards un secret répugnant et avale une grande tasse de café tiède qui lui donne la nausée. Il fume plusieurs cigarettes à la fenêtre ouverte en respirant profondément l'air humide et froid. Une lumière jaune éclaire l'horizon et de la Casbah monte l'appel à la prière de l'aube. Quand le muezzin s'est tu, le soleil apparaît au-dessus des immeubles. Le capitaine Degorce marche dans les couloirs déserts. Il entend des murmures et des plaintes derrière les portes des cellules. Deux harkis passent la serpillière avec entrain dans une salle d'interrogatoire. L'adjudant-chef Moreau, assis sur un coin de table, semble absorbé dans une contemplation maussade des frises de céramique à l'angle du plafond – des méandres de fleurs abstraites, jaunes, vertes et bleues, qui semblent étrangement ternes sous la lumière crue de l'ampoule électrique. Un des harkis laisse tomber son balai pour se mettre au garde-à-vous, l'autre le tient en équilibre contre lui en faisant ce qu'il peut pour adopter une position vaguement réglementaire. Le capitaine Degorce leur fait signe de continuer et va serrer la main de Moreau qui s'est levé pour le saluer.

— Ça va, mon capitaine ? Vous voulez du café ? On en a du frais.

Le capitaine acquiesce en regardant mousser l'eau grise sur le carrelage.

— Volontiers, Moreau. Celui que je viens de boire était vraiment dégueulasse.

Il suit l'adjudant-chef dans une petite pièce aménagée en cuisine de fortune. Ils boivent leur café en silence. Le capitaine Degorce pose sa tasse en grimaçant.

— Celui-là aussi est dégueulasse. Mais bon, il est chaud, c'est déjà ça.

Moreau esquisse un sourire.

— Vous m'autorisez à vous parler de quelque chose, mon capitaine ? En toute franchise ?

— C'est la question la plus stupide que j'aie entendue, Moreau, dit le capitaine Degorce avec bonne humeur. Comment voulez-vous que je sache si je peux vous y autoriser en ignorant de quoi il s'agit ? Parlez toujours. C'est moi qui vous dirai si vous auriez mieux fait de vous taire.

Moreau sort de sa poche un paquet de Gitanes froissé. Il en sort deux cigarettes qu'il lisse longuement avant d'en offrir une au capitaine. Il reprend l'exploration de ses poches à la recherche d'une boîte d'allumettes.

— Accouchez, mon vieux ! s'impatiente le capitaine en lui tendant son briquet.

Moreau prend encore le temps d'inhaler une longue bouffée.

— C'est à propos de Febvay.

— Febvay ?

— Le sergent Febvay, mon capitaine.

— Eh bien ? Vous ne me l'avez pas encore envoyé à Tamanrasset ? demande le capitaine Degorce, et il déteste entendre sa voix pleine d'un enjouement faussement désinvolte.

Moreau s'abstient ostensiblement de sourire et le regarde avec attention en tirant sur sa cigarette.

(Je ne suis plus bon à rien. A rien du tout.)

— Justement, mon capitaine. J'aimerais que vous repensiez à votre décision. Je crois que c'est pas juste, mon capitaine. Febvay est un bon gars.

— Un bon gars, répète le capitaine Degorce. Un bon gars.

Il se force à évoquer le revolver enfoncé dans le sexe de la fille, le visage hilare du sergent et il dit encore une fois, presque en murmurant : "Un bon gars...", en espérant que la colère le sauve et l'emporte mais rien ne se passe. Il n'arrive même pas à se sentir concerné.

(Je devrais être ailleurs, simplement ailleurs.)

Il ferme les yeux un instant et les mots viennent.

— Je ne vais pas discuter avec vous de votre conception tout à fait passionnante de ce qu'est un bon gars, Moreau, parce que ça ne m'intéresse pas et parce que ce n'est pas le sujet, voyez-vous, pas le sujet du tout. Laissez-moi vous apprendre de quoi il est question ici, et quand vous l'aurez bien compris vous-même, peut-être pourrez-vous essayer de me seconder efficacement en faisant en sorte que les hommes ne l'oublient jamais, au lieu de m'infliger le compte rendu de vos cogitations matinales : il est question du sens de notre mission, Moreau, il est question de ce qui la justifie, et c'est très simple, vraiment très simple. Notre action n'a de sens que parce qu'elle est efficace, elle n'est acceptable d'un point de vue moral que parce qu'elle est efficace et qu'elle nous permet de sauver des vies... des vies innocentes, l'efficacité est notre seul but, et c'est encore elle qui fixe nos... nos limites, si nous perdons l'efficacité de vue...

— Mais, mon capitaine, nous ne...

— Fermez-la quand je parle, mon adjudant-chef, fermez-la ! dit sèchement le capitaine Degorce en ayant pleinement conscience de son autorité retrouvée. Contentez-vous d'écouter et de la fermer jusqu'à ce que je vous redonne la parole : donc, si nous perdons l'efficacité de vue, si nous permettons à des Febvay de se défouler et de prendre un plaisir pervers, un plaisir lubrique à... au déroulement du... processus, nous ne sommes plus des soldats qui remplissent leur mission, nous sommes... Je ne sais pas ce que nous sommes. Je ne veux même pas l'imaginer. Vous me comprenez ?

— Oui, mon capitaine. Je vous comprends. Febvay a fait une connerie, une grosse connerie, je suis d'accord. Et j'ai fait une connerie moi aussi en le laissant faire.

— Je ne vous le fais pas dire, Moreau. N'attirez pas trop mon attention sur cet aspect du problème.

Le capitaine Degorce se ressert une tasse de café sans quitter Moreau des yeux. Il vient de trouver des motivations honorables et rationnelles à un comportement qui, la veille, au moment où il perdait totalement le contrôle de lui-même, n'était motivé par rien d'autre que par l'usure extrême de ses nerfs à vif. Mais le plus troublant, c'est qu'il n'a même pas eu à forger lui-même l'argumentaire qui l'absolvait et le justifiait, il était déjà là, immédiatement disponible, il l'a déjà entendu cent fois dans la bouche de ses supérieurs, et il n'a pu le reprendre à son compte avec autant d'aisance et de conviction, le reproduisant jusque dans ses hésitations contrôlées, ses pudeurs et ses euphémismes, que parce qu'il n'en est pas l'auteur et qu'il lui a suffi de se laisser traverser par le flux puissant qui coulait en lui comme de l'eau sale dans un égout, un flux de paroles dont l'enchaînement impeccable ne réclamait ni sa collaboration ni son assentiment. Pourtant, chaque fois qu'il a lui-même entendu réciter ce discours, notamment dans l'interprétation virile qu'en donnait le colonel, il en a éprouvé une répulsion extraordinaire, frissonnant de dégoût à chaque mot prononcé, non pas tant qu'il y eût là un mensonge éhonté, mais parce qu'au cœur même de ce mensonge éhonté s'exprimait la vérité la plus pure, la plus incontestable, une vérité sur laquelle il n'avait aucune prise et qui les enserrait tous, Moreau, Febvay, le colonel et lui, dans son étreinte de glace.

— C'est une connerie, je sais, mon capitaine, répète Moreau. Mais tout le monde fait des conneries. Nous sommes des hommes.

Le capitaine Degorce ne répond pas.

(Nous sommes des hommes. C'est la faute, non l'excuse. La faute.)

— Ce n'est pas facile, ici, plaide encore Moreau. C'est le trou du cul du monde.

— A ma connaissance, dit le capitaine Degorce, et pour reprendre votre élégante métaphore, le monde a de nombreux trous du cul.

Moreau sourit faiblement.

— Alors, mon capitaine ? demande-t-il. Il a déjà pris votre poing dans la gueule. Ça ne pourrait pas suffire ? S'il vous plaît.

Le capitaine Degorce sait qu'il ne risque plus rien à se montrer magnanime. Il se moque de Febvay. S'il s'en débarrasse, on lui affectera un autre Febvay. Les hommes ont perdu ce qui les singularisait tant bien que mal. Ils se ressemblent tous.

— Très bien, Moreau. Dites à Febvay que c'est réglé. Et dites-lui aussi d'éviter de me croiser dans les couloirs pendant les jours qui viennent, le temps que je me calme tout à fait.

L'adjudant-chef Moreau lui pose une main reconnaissante sur le bras.

— Merci, mon capitaine. Merci.

Le capitaine Degorce se demande un moment pourquoi Moreau tient tellement à garder Febvay près de lui, au nom de quel passé commun, de quelle affection aveugle, de quel élan de protection paternelle. Il pourrait essayer de le savoir, il pourrait avoir une conversation à cœur ouvert avec Moreau, briser la gangue visqueuse qui l'étouffe en prononçant des mots qui lui appartiendraient vraiment, mais il se sent à nouveau saisi par le désir d'être ailleurs, là où il sait maintenant qu'il devrait être depuis son réveil.

— Mettons que je fais ça pour vous, Moreau.

— Merci, mon capitaine.

Le capitaine Degorce sort de la pièce en disant : "Je vais passer voir Hadj Nacer." Il fait quelques pas et se retourne vers l'adjudant-chef.

— Vous avez besoin de moi, ce matin ?

— J'ai des renseignements à exploiter, mon capitaine. Un type à cueillir. Mais je peux très bien m'en charger tout seul.

*

Il est immobile sur sa paillasse, comme dans les rêves du capitaine, mais il est si calme qu'on pourrait le croire assis dans l'ombre fraîche d'une palmeraie, à Timimoun ou à Taghit, regardant par-delà le mur crasseux les dunes onduler sous la caresse d'un vent tiède, absorbé dans la contemplation de choses douces et mystérieuses qui n'appartiennent qu'à lui seul.

— Bonjour, dit le capitaine Degorce en se retenant au dernier moment d'ajouter : "Avez-vous bien dormi ?"

Tahar le salue d'un signe de tête.

— Je n'ai pas de nouvelles vous concernant. J'en aurai certainement dans la matinée.

— Ce n'est pas grave, répond Tahar.

Le capitaine reste un moment debout avant de s'asseoir par terre en face de son prisonnier. Il se sent tenu d'expliquer sa présence, il cherche un prétexte quelconque, mais il ne trouve rien à dire d'autre que la vérité et la simplicité de la vérité l'emplit d'un immense bien-être.

— Si vous le voulez bien... j'avais le désir de m'entretenir avec vous. Si vous voulez bien. Je ne veux pas vous importuner.

— Nous pouvons parler, capitaine, dit Tahar. Nous pouvons parler.

Le capitaine Degorce se laisse aller en arrière contre le mur humide, les yeux mi-clos. "Je ne suis pas en paix avec moi-même", dit-il doucement et il ajoute encore plus bas, comme pour lui-même : "Oh, non… Je ne suis pas en paix…" Une émotion douloureuse pèse sur sa poitrine. Il aurait pu dire ces mots à Jeanne-Marie, au lieu de persister à lui écrire les mêmes phrases toutes faites, les seules, apparemment, que son esprit est désormais capable de produire, et au prix d'un si pénible labeur, quand il tente de se tourner vers sa femme et ses enfants, et bien sûr, Jeanne-Marie ne l'aurait pas jugé, au contraire, elle aurait mille fois préféré partager avec lui ses tourments et ses doutes plutôt que d'user ainsi la patience de son amour contre les murailles qu'il a dressées jour après jour autour de son cœur, son cœur plein de silence, ou il aurait pu solliciter une audience auprès du colonel et lui dire ces mêmes mots, sans tergiverser, comme il convient à un homme libre auxquels ses actes confèrent le droit incontestable de s'exprimer comme il l'entend, et qu'est-ce que ça pouvait bien lui faire que cet abruti ne le comprenne pas ou l'engueule, ou menace de le faire mettre aux arrêts ? il n'avait pas besoin de l'estime du colonel, mais surtout, il aurait d'abord fallu qu'il se dise ces mots à lui-même, qu'il les affronte dans la solitude et en pèse le poids redoutable, il aurait fallu qu'il en prenne conscience avant de se rendre coupable d'une si terrible transgression en les prononçant ici, en face d'un homme entravé qu'il a traqué durant des semaines et qui demeure son ennemi, un homme qui a ordonné la mort de civils innocents et armé la main de leurs assassins, à plusieurs reprises, un homme qui a semé la mort et la terreur et qui semble aussi tranquille et léger que si tout ce sang versé n'avait pas plus d'importance qu'une pluie d'orage chassée par le vent. Et c'est pour tout cela, le capitaine Degorce le sait bien, que ces mots ne peuvent être dits qu'à lui.

— Je comprends, murmure Tahar.

La douceur de sa voix met soudain le capitaine Degorce affreusement mal à l'aise.

— Non, dit-il d'une voix forte, je ne suis pas en paix. Alors hier, vous voyez, quand je vous ai dit que tout était fini, je ne voulais pas vous impressionner ou je ne sais quoi, je ne voulais pas faire de triomphalisme, pas du tout, je vous ai dit ça parce que c'est vrai, c'est fini, c'est une question de temps, si vous passez dans mon bureau, vous vous en rendrez compte tout de suite, vous verrez l'organigramme, votre organisation est presque complètement démantelée, son démantèlement total est inévitable, sincèrement, et donc, c'est fini, mais cette victoire, cette victoire-là…

Le capitaine hausse les épaules.

— … je suppose qu'il doit exister des victoires moins douloureuses, des victoires dont on peut être fier. Eh bien, mettons que celle-ci n'en est pas une et j'aurais personnellement préféré ne pas y avoir participé.

Il allume deux cigarettes et en tend une à Tahar.

— Pourquoi ? demande Tahar avec un intérêt sincère. Moi, je n'y crois pas du tout, à votre victoire, mais vous, si vous êtes sûr, pourquoi ?

— Vous savez pourquoi, dit le capitaine Degorce.

— Non, je ne le sais pas, insiste Tahar. Dites-le-moi.

Le capitaine Degorce disperse la fumée de sa main ouverte et se réfugie un instant dans le silence.

— Vous savez, finit-il par dire, j'étais dans la Résistance – et il se retient d'ajouter bêtement : "moi aussi". Et j'ai été arrêté. En 1944. Arrêté et interrogé.

Il a avoué cela des dizaines de fois, sur le ton de la confidence, à des prisonniers algériens, comme il l'a fait la veille encore avec Abdelkrim, guettant les failles, saisissant chaque fois le bon moment pour établir un semblant de contact humain avec son interlocuteur, ou l'amener à penser que ce qu'il venait d'endurer était banal et dérisoire ou, au contraire, pour lui laisser entrevoir une faiblesse feinte qui lui redonne confiance en lui sans qu'il se rende compte que c'est par la confiance qu'il serait perdu. Le capitaine Degorce a appris à moduler sa phrase en adoptant l'expression la plus exactement appropriée au but qu'il s'était fixé, plaquant sur son visage le masque de la compassion, celui de la veulerie ou d'un mépris hautain, et il s'est chaque fois concentré sur ce but au point d'oublier qu'il parlait d'événements qui avaient réellement eu lieu. Mais aujourd'hui, il n'y a pas de but et, pour la première fois, les mots le renvoient dans les locaux de la Gestapo de Besançon où deux hommes dont il a oublié les visages, mais pas l'odeur de tabac et d'eau de Cologne, tournent lentement autour de lui en retroussant leurs manches avec un soin extrême dans la chaleur du mois de juin. Il comprend le sens de leur mise en scène et il essaie de respirer calmement sans les suivre des yeux mais il ne peut pas maîtriser les battements de son cœur. Quelques semaines auparavant, quand il a accepté de lui confier sa première mission d'affichage clandestin, une pauvre mission, Charles Lézieux, son professeur de mathématiques en classe préparatoire, lui a dit : "Si vous avez le malheur d'être pris, André, ne cherchez pas à jouer les héros. Essayez de ne rien dire pendant vingt-quatre heures. Vingt-quatre heures. Ce sera suffisant." Et attaché sur une chaise, les deux hommes tournant toujours autour de lui avec une assurance tranquille de prédateurs, André Degorce ne se demande qu'une seule chose : sera-t-il capable de tenir vingt-quatre heures ? Cette question l'occupe tout entier, elle l'empêche de penser à l'amour attentionné de ses parents, à ses rêves d'être reçu à l'Ecole normale supérieure, aux longues promenades des soirées de printemps, après les cours, sur les berges du Doubs en compagnie de Lézieux, aux yeux rieurs d'une lycéenne inconnue qu'il ne croisera plus jamais, à la douce chaleur des messes de minuit de son enfance, toutes ces choses dont le souvenir attend de se glisser dans son âme pour l'émouvoir et la faire ployer jusqu'à ce qu'elle se brise sous le poids de la tristesse et quand l'un des hommes abat enfin sa main sur lui et que la chevalière qu'il porte à l'annulaire lui fait éclater la lèvre, il en est presque soulagé parce qu'il sait que la réponse viendra bientôt. Oui, c'est bien du soulagement, il se le rappelle parfaitement, parce que l'espoir et la crainte ont été brutalement chassés par l'irruption souveraine de la souffrance physique qui disloque aussi la mémoire, la pensée et le temps, mais la réponse ne viendra pas, elle n'est jamais venue, tous les instants ont été curieusement abolis ou dilatés, une seconde succède à une autre seconde, elles sont absorbées dans le néant, ou elles se figent pour construire l'éternité, et vingt-quatre heures ne signifient plus rien du tout. Le capitaine André Degorce se revoit nu, allongé par terre, les genoux repliés sur la poitrine, ne sachant plus quelle partie de son corps protéger, les deux hommes se penchent sur lui avec une lenteur surnaturelle, il sent leur odeur, le souffle chaud de leur haleine, il y a une ampoule électrique, un fil dénudé, la faïence grise d'une baignoire, un firmament d'eau savonneuse qui a le goût du sang, et il est soudain seul, il respire avec avidité, une main tire ses cheveux, il a fait sous lui et il entend une voix désolée qui dit avec déception, tu es vraiment un porc, mon garçon, un porc répugnant, tu as été élevé où ? ses côtes brisées le font geindre comme un nouveau-né mais il ne ressent plus de douleur, la douleur est devenue la substance intime de son être, et il retarde de seconde en seconde le moment de l'aveu, le moment délicieux où il pourra prononcer le nom de son professeur de mathématiques, le seul nom qu'il connaît, il le retarde jusqu'à ce qu'on l'enferme sans qu'il n'ait rien dit dans une cellule d'où il n'est sorti que pour être envoyé à Buchenwald. Au camp de regroupement, il a fini par apprendre que dix jours avaient passé depuis son arrestation mais il n'a jamais su combien de temps avait duré l'interrogatoire. Sur le quai de la gare, les senteurs de l'été et l'immensité du ciel lui font tourner la tête, et quand les portes du wagon se referment sur lui, tous les souvenirs de sa jeune existence que le règne de la douleur a jusqu'ici tenus loin de lui déferlent soudain tous ensemble, ils se dissolvent et se concentrent en un sentiment unique, d'une absolue simplicité, le sentiment poignant de la douceur de la vie, il a dix-neuf ans, des sanglots lui serrent la gorge et si quelqu'un en cet instant lui promettait qu'il va rentrer chez lui et revoir sa mère, il lui dirait tout ce qu'il veut bien entendre. Ses tortionnaires de la Gestapo auraient dû savoir cela, ils auraient dû lui accorder le répit qui leur ouvrirait son âme, mais ils se moquaient de ce qu'il pourrait avouer ou non, ils ne voulaient que l'éprouver et le punir. Ils n'avaient pas besoin de renseignements parce que Charles Lézieux avait été arrêté une heure avant lui, au moment où il s'apprêtait à le rejoindre, et qu'il n'y avait jamais eu aucun secret à protéger.

Pendant toutes ces années, il n'a pas vraiment repensé à tout cela ; les guerres qu'il a menées ne lui en ont pas laissé le temps, et les dix mois passés à Buchenwald s'étendent derrière lui comme une immense steppe grisâtre qui coupe sa vie en deux et le sépare à jamais du continent perdu de sa jeunesse, mais il n'a pas oublié. Le mois de juin 1944 s'est installé silencieusement dans sa chair pour y inscrire l'empreinte d'un savoir impérissable qui lui a permis d'expliquer à ses sous-officiers : "Messieurs, la souffrance et la peur ne sont pas les seules clés qui ouvrent l'âme humaine. Elles sont parfois inefficaces. N'oubliez pas qu'il en existe d'autres. La nostalgie. L'orgueil. La tristesse. La honte. L'amour. Soyez attentifs à celui qui est en face de vous. Ne vous obstinez pas inutilement. Trouvez la clé. Il y a toujours une clé" – et il a maintenant la certitude absurde et intolérable qu'il n'a été arrêté à dix-neuf ans que pour apprendre comment accomplir une mission qu'on lui confierait en Algérie, treize ans plus tard. Mais cela, il ne peut pas le dire à Tahar.

— Vous-même, vous avez été interrogé en 1944, répète Tahar. Oui, je comprends, maintenant.

Son visage attentif et sincèrement peiné exaspère le capitaine Degorce.

— Ce sont vos méthodes ! dit-il sèchement. Ce sont vos méthodes qui nous obligent...

Il écrase sa cigarette sur le sol et envoie le mégot dans un coin de la cellule.

— Vous ne nous laissez pas le choix ! dit-il et, encore une fois, il se retient d'ajouter au dernier moment : "Comment voulez-vous qu'on fasse ?"

— Ça, c'est étrange, murmure rêveusement Tahar.

— Qu'est-ce qui est étrange ?

— Oui, c'est étrange, poursuit Tahar, moi, vous voyez, j'étais certain que c'était nous qui n'avions pas le choix des méthodes.

Le capitaine Degorce le regarde longuement.

(La logique peut être retournée comme un gant. Le mensonge. La vérité.)

Il a retrouvé son calme. Il n'a plus envie de parler de la guerre. On a pris les chaussures de Tahar et il porte des chaussettes reprisées. Le capitaine Degorce en est bizarrement troublé.

— Je ne vous ai pas demandé : vous voulez prendre un thé ou du café ? Vous voulez vous laver ? Je vous préviens, le café est dégueulasse…

Un soldat entre dans la cellule : "Mon capitaine ? Il faut que vous veniez. C'est le colonel au téléphone." Le capitaine Degorce se lève.

— Je vais revenir, dit-il à Tahar.

Il se tourne vers le soldat :

— Vous allez rester avec…

Il ne sait pas comment nommer Tahar. Il ne veut pas dire "le prisonnier", ni employer son nom de guerre ou l'appeler "monsieur".

— Quel est votre grade dans l'ALN ? demande-t-il à Tahar.

— Je suis colonel de l'ALN.

— Vous allez rester avec le colonel Hadj Nacer, reprend-il, et veiller à ce qu'il ait ce dont il a besoin. Et rendez-lui ses chaussures, s'il le souhaite.

*

— Vous savez que vous nous avez mis dans une sacrée merde, Degorce ? Vous en avez conscience ? J'espère que vous avez passé une sale nuit, une très sale nuit, comme moi. Qu'est-ce qu'on va en foutre, de votre Hadj Nacer ? Je vous jure, j'aurais préféré qu'il oppose un peu de résistance pendant son arrestation, l'enfant de salaud, ça aurait fait nos affaires, croyez-moi…

— Je ne comprends pas, mon colonel : vous étiez pourtant très satisfait hier.

— Oui, ben, ça, c'est la vie, mon petit vieux, on est satisfait et puis on ne l'est plus... C'est comme ça... On réfléchit... On voit les choses autrement... Des aspects auxquels on n'avait pas pensé... des complications... Bon Dieu, c'est quand même pas difficile à comprendre ! Vous réfléchissez jamais, vous ?

(L'imbécile s'est fait passer un savon.)

— Ça m'arrive, mon colonel.

— Et il est comment, Hadj Nacer ? Déprimé ?

— Vous l'avez vu hier, mon colonel. Non, il n'est pas déprimé. Bien sûr que non.

— Et question sécurité ? Il n'y a pas de risques qu'il s'évade ? Ou qu'il essaie ?

— Non, mon colonel.

— C'est sûr ? Vous êtes absolument sûr ?

— Oui, mon colonel. Absolument.

— Bon... Bon... Très bien...

— Quand voulez-vous que je le livre à la justice, mon colonel ? Une fois que ce sera fait, ce ne sera plus notre problème.

— Je ne vous demande pas votre avis, Degorce. Je vous rappelle dans la journée pour vous donner vos instructions.

*

Le courrier du matin. Jeanne-Marie. Ses parents. Marcel. Le capitaine Degorce touche les enveloppes et, à nouveau, l'image de Claudie apparaît, si précise, cette fois : elle est étendue dans un lit aux lourds draps blancs, les narines pincées sur son petit visage livide, les yeux cernés d'ombre bleue et un chapelet enroulé autour de ses doigts rigides. Ses grands-parents sont autour d'elle, ses oncles et ses tantes, et sa mère qui tient la main de Jacques, et même Marcel, échappé on ne sait comment, en pleine forme, de sa malédiction africaine ; il ne manque que lui et son absence est si naturelle que personne ne la remarque. Il est peut-être encore en Algérie, peut-être dans une pièce voisine où sa culpabilité le retient enfermé pour toujours. Ses rêveries morbides sont devenues machinales, elles ne l'angoissent plus réellement bien qu'il ne puisse s'empêcher de s'y abandonner encore.

(Mon Dieu, mon Dieu, quelle pitié...)

Il ouvre les lettres et les parcourt l'une après l'autre.

"André, mon enfant, mon aimé, Claudie et Jacques ont été particulièrement pénibles aujourd'hui, ils ont vraiment besoin..."

"Mon cher fils, la santé de ton père qui jusqu'ici..."

"... et ce sont cette fois des diarrhées terribles qui ne me laissent aucun répit et m'épuisent terriblement..."

A quoi bon toutes ces nouvelles ? En quoi le concernent-elles encore ? Que peut-il en faire ? Il aimerait ne plus recevoir de lettres. Ne plus en écrire. Il aimerait être ramené au printemps 1955, à l'hôtel de Piana. Il flottait encore dans ses vêtements, son estomac le faisait souffrir dès qu'il mangeait une nourriture un peu trop riche mais le ciel était si clair. Claudie s'était tordu la cheville en courant dans le sable et il avait doucement massé son pied tandis qu'elle le regardait en faisant de temps en temps des petites grimaces de douleur auxquelles il répondait par des exclamations apitoyées qui la faisaient éclater de rire.

"... et nous t'assurons de notre tendresse..."

"... André, nous t'aimons tant..."

A Piana, son cœur n'était pas vide. Il n'avait pas honte de lui-même.

“... et des vers dans les yeux, des vers vivants, coulant comme des larmes.”

*

Un petit Arabe d’une dizaine d’années est assis sur un banc dans le couloir. Un soldat accroupi en face de lui fait des tours de magie. Une pièce de cinq francs disparaît entre ses doigts pour ressurgir dans sa bouche ou derrière l’oreille de l’enfant qui ouvre des yeux tout ronds.

— Qui est ce gosse ? demande le capitaine Degorce.

— C’est le fils d’un suspect, mon capitaine.

Moreau sort de la salle d’interrogatoire et entraîne le capitaine un peu à l’écart.

— Le type que j’ai chopé ce matin, mon capitaine, il a parlé. Du solide, je crois.

— Il a parlé ? Déjà ?

— Oui, mon capitaine, mais ça n’a pas été bien difficile, vous savez. C’est un costaud, du genre ombrageux, alors j’ai fait sortir sous son nez le générateur, les électrodes, tout le barda, j’ai demandé à un gars de se brancher pour voir si tout marchait bien, on a amené un seau d’eau, des éponges, et j’ai expliqué au gars que d’après moi, costaud comme il était, ça servirait à rien de le bousculer, que j’étais sûr qu’il était courageux et qu’il dirait rien, enfin, vous voyez le topo, et je lui ai dit que, vu qu’on aimait pas perdre notre temps, j’avais aussi fait embarquer son plus jeune fils et qu’on allait voir ensemble comment il allait la supporter, la gégène, le môme, et on l’a fait entrer dans la salle, j’ai juste eu le temps de dire, on va t’enlever ta chemise et ton pantalon, mon petit, comme à la plage, pour montrer un truc à papa et le type a dit qu'il allait parler, et voilà, il s'est allongé sans problèmes. On a presque dû le faire arrêter de parler ! Du velours, mon capitaine.

— Eh ben voilà, Moreau, dit le capitaine. Vous devenez un as en psychologie, dites-moi. Et donc ?

— Et donc, mon capitaine, il nous a balancé quelqu'un. Un type qui travaille au port. Un syndicaliste. Magasinier, je crois. Ou comptable. Un coco. Un Français, mon capitaine.

— Ils sont tous français, Moreau.

— Oh, mon capitaine, vous voyez bien ce que je veux dire !

— Oui, Moreau. Je vois très bien. Bon, vous allez me le chercher. Et quand il est ici, vous me faites appeler.

— J'y vais, mon capitaine.

Dans le couloir, le petit garçon se lève et se met à courir. Son père vient de sortir de la salle d'interrogatoire, entre deux harkis. C'est un homme de quarante-cinq ans, grand et sec. Ses cheveux frisés sont presque entièrement gris. Il se penche pour prendre l'enfant dans ses bras. Il le serre contre lui de toutes ses forces en lançant au capitaine Degorce un long regard plein de gratitude et de désespoir. Ses yeux sont humides, presque larmoyants comme ceux d'un vieillard. Ses lèvres tremblent.

(Il n'y a là aucun mal. Il faudrait que les choses se passent ainsi, toujours.)

— Je vous accompagne jusqu'à la voiture, Moreau. Je n'ai pas encore mis le nez dehors, aujourd'hui. Je vais prendre un peu l'air.

Le soleil brille et il fait maintenant très chaud. La couleur du ciel est encore indécise et laide, d'un bleu pâle et laiteux qui rappelle au capitaine Degorce les images pieuses au dos desquelles sa mère lui écrivait des vœux pour son anniversaire ou la nouvelle année ; on y voyait l'Enfant Jésus, blême et grassouillet, tout figé d'une trouble gravité sur les genoux de la Sainte Vierge, ou le martyre de saints obscurs, flagellés, découpés ou bouillis, dont la bouche s'ouvrait sur un cri qui ressemblait à un gémissement d'extase et, à l'arrière-plan, des anges jouaient de la trompette dans le même ciel de carton-pâte. Le capitaine Degorce n'a jamais dit à sa mère combien ces représentations naïves le gênaient et correspondaient peu à la nature de sa foi. Il ne pouvait s'empêcher d'y déceler quelque chose de rance et de corrompu qu'il retrouve dans la perversité du ciel algérien. Au sud, d'énormes nuages jaunes et bruns s'accumulent sur l'horizon. La peau du capitaine Degorce est moite. Il rentre se laver les mains et se passer de l'eau fraîche sur le visage. Il a envie de retourner voir Tahar, de s'asseoir en face de lui dans l'obscurité rassurante de la cellule. Il repasse à son bureau où ont été déposés les journaux du matin. Tahar est en première page, sous des titres unanimement triomphants. Le capitaine Degorce n'a pas le courage de lire les articles, toute cette prose visqueuse et froide. Il tripote encore vaguement son courrier et lève les yeux vers le haut de l'organigramme. Il faudrait marquer la photo de Tahar d'une croix rouge mais il n'en a pas envie. Une superstition idiote. Il sera décoré ou promu pour l'avoir arrêté, c'est certain, et cette idée lui est soudain insupportable.

(Le temps passera, Dieu merci.)

Le temps passera, il quittera El-Biar, il quittera l'Algérie, il retournera à Piana, pour de nouvelles vacances, et retrouvera l'air pur, il retrouvera la joie des paroles spontanées, dès qu'il aura serré sa femme dans ses bras, baisé le front des enfants, ils redeviendront vivants et retrouveront leur place dans son cœur.

(Mais comment pourrai-je les serrer dans mes bras ?)

Il se lève et trace la croix rouge. Bientôt, l'organigramme sera entièrement couvert de croix rouges et il sera commandant. Il y pense maintenant avec indifférence. L'avenir est aussi irréel que le monde qui l'entoure. Sur la photo de l'organigramme, Tahar a l'air triste et résigné. A la une des journaux, toute cette tristesse a disparu. Il sourit poliment, comme si les photographes qui se pressent autour de lui méritaient sa prévenance et sa courtoisie. A ses côtés, le colonel sourit aussi, d'un affreux sourire satisfait ; on dirait qu'ils s'apprêtent tous les deux à aller dîner. Et le capitaine Degorce comprend subitement que ce sont ces photos qui ont sauvé la vie de Tahar. La veille, le colonel n'a pas pu résister à son désir de convoquer la presse pour se pavaner comme un paon, il en a pris l'initiative de son propre chef, sans penser à rien d'autre qu'à satisfaire sa vanité et cette initiative n'a pas du tout été appréciée en haut lieu parce que maintenant Tahar a été jeté en pleine lumière et ne peut plus disparaître.

(Béni soit l'imbécile.)

Les généraux ont dû se mettre dans une colère noire, Salan lui-même, et sans doute le ministre résident, ils ont dû appeler Paris, sommer le colonel de trouver une solution mais il n'y a pas de solution, c'est trop tard, et le colonel en est réduit à mijoter dans son impuissance, en regrettant que les choses ne se soient pas passées autrement, le capitaine Degorce entend sa voix exaspérée au téléphone, il se rappelle ses insinuations répugnantes et il se sent humilié qu'on le suppose capable d'accomplir sans sourciller des besognes infâmes, comme s'il était un nervi, un exécuteur des basses œuvres et non un officier français et la colère l'étouffe au point qu'il manque d'appeler le colonel pour l'agonir d'injures.

(Qu'avez-vous fait de moi, mon Dieu, qu'avez-vous fait de moi ?)

Mais rien ne dure. Ses émotions les plus fortes sont incapables de conserver leur intensité, elles deviennent pâles et tièdes et se confondent toutes en un vague sentiment de lassitude désespérée qui ne le quitte pas. Tout est factice et creux. Comment a-t-il pu ne pas comprendre immédiatement ce que voulait dire le colonel ? Qui est l'imbécile ? Dans ses veines doit couler un sang glacé de reptile. Ses pensées sont lentes, elles s'enlisent dans un bégaiement interminable. Elles ne l'intéressent pas.

(Qu'avez-vous fait de moi, mon Dieu, qu'avez-vous fait de moi ?)

Et la voix dit bien “mon Dieu” mais il ignore à qui s'adresse cette question.

*

Robert Clément. Vingt-quatre ans. Comptable dans une compagnie de transport maritime. Arrivé en Algérie en 1954. Un jeune homme chétif avec une moustache toute clairsemée qui rend son visage encore plus juvénile. Il se tient le dos bien droit sur sa chaise et regarde le capitaine Degorce et l'adjudant-chef Moreau avec un dédain ostensible. Sa chemise est trempée de sueur aux aisselles.

(Le grand moment de sa vie.)

Un très long silence s'installe et, quand le capitaine Degorce estime qu'il a suffisamment duré, il demande d'un ton guilleret :

— Vous êtes communiste ?

— Ça ne vous regarde pas mais oui, répond le jeune homme, je suis communiste. C'est devenu un délit, maintenant ?

— Oh, non, pas du tout ! s'exclame le capitaine en souriant et il ajoute avec conviction, penché vers Clément : Vous savez, je n'ai rien contre les communistes, moi, absolument rien, et même, tout au contraire : je dois la vie à un communiste, figurez-vous. Si, si ! J'aurai peut-être l'occasion de vous raconter ça si vous restez suffisamment longtemps auprès de nous. Raymond Blumers, ça ne vous dit rien ? Un résistant.

(La vérité. Le mensonge.)

Clément secoue la tête.

— Non.

— Non ? répète tristement le capitaine Degorce.

— Non. Et je n'en ai rien à faire.

— Mon capitaine, suggère l'adjudant-chef Moreau, peut-être que deux claques dans la gueule, ça le rendrait plus poli, le camarade ?

— Non, Moreau, non, dit le capitaine. M. Clément est contrarié et il a des raisons de l'être, je crois. Nous pouvons faire l'effort de comprendre ses petits mouvements d'humeur. Parce qu'il sait très bien que ce n'est pas un délit, d'être communiste, mais qu'aider la rébellion, ce n'est pas la même chose. C'est plus qu'un délit, ça. C'est une trahison. Qu'en pensez-vous, monsieur Clément ? "Trahison" est-il le mot qui convient ou parviendrez-vous à nous convaincre qu'il est exagéré ?

— Je n'ai trahi personne, dit Clément. Et vous n'avez pas le droit de me détenir pour mes idées. J'exige que vous me libériez.

Moreau éclate d'un gros rire. Le capitaine Degorce affiche une mine contrite.

— Vous ne comprenez pas la situation, déplore-t-il. Je vais vous l'expliquer. Il n'y a pas de droit. Il n'y a que vous, enfermé ici avec nous. Pour le temps que nous jugerons nécessaire. Ou par simple caprice de ma part. Je peux vous garder jusqu'au

Jugement dernier, pardon : jusqu'au grand soir de la révolution, vous voyez, je sais m'adapter. Nous n'avons de comptes à rendre à personne. Et tant que vous ne nous aurez rien dit, croyez-moi, vous ne sortirez pas d'ici.

Le capitaine se tourne vers Moreau :

— Nous allons laisser le temps à notre jeune ami de bien réfléchir à tout ça.

L'adjudant-chef touche la moustache de Clément en faisant la grimace.

— C'est ta manière de porter le deuil du camarade Staline, c'est ça ? Eh ben, ça te donne l'air d'un con, mon petit gars. T'as l'air d'un sacré con.

— Vous me le laissez un peu mariner, dit le capitaine Degorce une fois la porte refermée. Et vous revenez le cuisiner. Mais vous ne le touchez pas. Foutez-lui la trouille, mais ne le touchez pas. Je ne veux pas qu'il ait quoi que ce soit à dire sur nous en sortant d'ici, c'est compris, Moreau ?

— Oui, mon capitaine.

*

— Je nous fais apporter un repas. Je n'ai rien mangé de la journée.

Tahar est toujours en chaussettes. Ses chaussures sont posées dans un coin, des mocassins de cuir tressé. Le capitaine Degorce leur jette un bref regard satisfait avant de s'assombrir en y reconnaissant le symbole tangible et dérisoire de son pouvoir. Il a le pouvoir de faire apparaître ou disparaître une paire de chaussures, de décider qui doit rester nu et combien de temps, il peut ordonner que le jour et la nuit ne franchissent pas les portes des cellules, il est le maître de l'eau et du feu, le maître des supplices, il dirige une machine, énorme et compliquée, pleine de tuyaux, de fils électriques, de bourdonnements et de chair, presque vivante, il lui fournit inlassablement le carburant organique que réclame son insatiable voracité, il la fait fonctionner mais c'est elle qui régit son existence et, contre elle, il ne peut rien. Il a toujours méprisé le pouvoir, l'incommensurable impuissance que son exercice dissimule, et jamais il ne s'est senti aussi impuissant. Un soldat apporte deux assiettes et Tahar mange avec appétit.

— Vous savez, dit le capitaine Degorce, finalement, je n'ai pas l'impression que votre arrestation fasse vraiment plaisir à ma hiérarchie.

— Bien sûr, acquiesce Tahar.

— Comment ça, bien sûr ?

Tahar finit le contenu de son assiette et s'essuie la bouche.

— Aux échecs, je crois, il y a des situations où un des joueurs comprend, en plein milieu de la partie, qu'il ne peut plus gagner. Tous les coups qu'il peut jouer, n'importe lesquels, vont rendre sa position plus difficile, quoi qu'il fasse, vous comprenez. Tous les choix sont de mauvais choix. Et le joueur le sait mais il doit continuer la partie. Peut-être, s'il est fort, il peut la faire durer un peu plus longtemps, mais plus rien de décisif ne peut arriver. Ça, c'est votre situation même si vous, vous ne vous en rendez pas compte. Ne pas m'arrêter, c'est mauvais. M'arrêter, peut-être, c'est pire. Il n'y a que des mauvais choix. Pour nous, capitaine, c'est le contraire. Si nous gagnons ici, c'est bon. Si nous perdons, si vous arrêtez tout le monde, c'est aussi bon. Un martyr est mille fois plus utile qu'un combattant. C'est pour ça que vous ne verrez jamais la victoire. Vous jouerez un bon coup, ou deux, et à cause de ces bons coups…

Tahar hausse les épaules avec fatalisme :

— … vous finirez par perdre, si Dieu veut ! conclut-il en souriant.

(Et voilà tout. Un fanatique. Froid et calculateur. Un calme et une indifférence de fanatique. Voilà tout.)

La déception n'est pas douloureuse, au contraire. Elle rend tout plus facile à supporter, et d'abord soi-même. Le capitaine Degorce n'a même pas le sentiment d'avoir été berné. Il ne regrette pas le temps passé ici ni de s'être naïvement laissé aller à des confidences regrettables. C'est sans importance, maintenant. Tout est parfait, inoffensif et lisse.

— Je ne joue pas aux échecs, dit le capitaine Degorce en se levant. Je vais vous laisser.

— Je suis désolé pour vous, murmure Tahar.

Le capitaine Degorce se tourne brusquement vers lui.

— Pardon ? dit-il avec hauteur. Je vous demande pardon ?

Tahar est penché en avant, les mains jointes, et pose sur lui des yeux tristes. Le capitaine sent la brûlure douloureuse de sa compassion, il voudrait se mettre en colère, trouver des mots cinglants et sortir sans se retourner, mais il en est incapable. Il reste là, désemparé, avec ses certitudes brusquement réduites en cendres.

— Vous avez besoin de foi, capitaine, un besoin vital, je crois, dit Tahar, et vous avez perdu la foi… je vous en prie, asseyez-vous encore un instant…

Et le capitaine Degorce s'assoit.

— … vous avez perdu la foi et vous ne pourrez pas la retrouver, parce que tout ce pour quoi vous vous battez, ça n'existe déjà plus. Et je suis désolé pour vous.

— Qu'en savez-vous ? demande le capitaine d'une voix blanche.

— Il y a tant de choses à quoi il faut renoncer, dit douloureusement Tahar en se penchant encore plus, tant de choses, vous croyez que je ne sais pas ? je le sais et vous aussi, vous savez, et il y a des hommes qui y arrivent très bien, c'est très facile pour eux, mais quelqu'un comme vous... comment pourrait-il y arriver sans un peu de foi ? C'est impossible, tout à fait impossible...

Le capitaine Degorce secoue doucement la tête.

— La foi ? demande-t-il. Vous croyez que la foi peut justifier ce que vous avez fait, à Philippeville, au Milk Bar, à El-Halia ?

Il aurait voulu que sa question soit ironique et il s'étonne qu'elle ne le soit pas du tout.

— Ou ce que je fais moi, ici ? demande-t-il encore.

— Oh, non ! répond Tahar, la foi ne justifie rien... Ce n'est pas son rôle, non... A quoi ça sert, d'ailleurs, les justifications ?

Le capitaine Degorce ne répond pas.

— J'aimerais bien fumer, dit Tahar et le capitaine allume deux cigarettes. Tahar se cale contre le mur et fume avec un plaisir visible.

— Vous êtes déjà allé dans le bled, capitaine ? demande-t-il au bout d'un moment.

— Oui, j'y suis allé, répond le capitaine Degorce, et je vois où vous voulez en venir, je vois très bien. Je ne dis pas que tout est pour le mieux, je sais qu'il y a des choses... des injustices... mais il y a d'autres moyens et quand la paix sera revenue, vous verrez... Nous pourrons réparer.

Il est atterré de constater à quel point il ne croit pas en ce qu'il dit. Les mots sont redevenus lourds, indigestes, sales.

— C'est vrai, capitaine, dit Tahar en souriant, c'est comme ça que ça va se passer, exactement. Nous réparerons tout ça. Mais pas vous.

Il réprime un bâillement et écrase soigneusement sa cigarette.

— Quel temps fait-il, dehors ? demande-t-il.

— Il fait beau, répond le capitaine Degorce. Et chaud.

— Il fait beau, répète Tahar.

— Vous voulez prendre l'air un instant ? demande le capitaine Degorce. Faire quelques pas dans la cour ? Je peux, si vous voulez, si vous me donnez votre parole que…

— Je ne peux pas donner de parole, le coupe Tahar. Et puis c'est plus simple, si je reste ici. C'est beaucoup plus simple comme ça.

— Comme vous voulez.

Ils restent silencieux. Tahar ferme les yeux. Le capitaine Degorce n'a presque pas touché à son repas. Les restes de nourriture figés dans son assiette le dégoûtent un peu. Il faudrait qu'il appelle un soldat pour débarrasser. Il faudrait qu'il fume moins. Il a envie de discuter mais il se tait. La guerre l'ennuie, maintenant. Il voudrait demander à Tahar de lui parler de sa famille, il voudrait lui parler de la sienne, lui dire qu'il aimait les mathématiques par-dessus tout et que ce n'est qu'après la guerre qu'il a décidé de se lancer dans une carrière militaire. Il voudrait pouvoir oublier les menottes, les murs de la cellule, la ville cadenassée. Tahar ouvre les yeux et se penche à nouveau vers lui.

— Surtout, capitaine, dit-il avec beaucoup de chaleur et de conviction, ne pensez quand même pas que vous êtes à plaindre, je vous en prie. Vous n'êtes pas à plaindre. Vous le savez, ça ?

— Je ne me plains de rien.

— Alors c'est bien. Parce que vous n'êtes pas à plaindre. Et moi non plus.

*

Un terrible vent du sud s'est levé depuis le Sahara, un vent d'apocalypse qui tord le sommet des palmiers, tourbillonne dans les avenues désertes et a répandu sur la ville une lumière jaune saturée de poussière et de sable. Toutes les autres couleurs ont disparu. Le blanc des grands immeubles haussmanniens est devenu ocre et les ferronneries bleues semblent sculptées dans un ambre sombre. Le sergent Febvay et un soldat regardent par la fenêtre avec curiosité.

— Bon, les gars, c'est pas une station météo, ici, râle l'adjudant-chef Moreau.

— Alors, Moreau, demande le capitaine Degorce, il est raisonnable, le gars ?

En entendant sa voix, Febvay se retourne et salue. Il a un hématome à la pommette gauche. Pas aussi gros que le capitaine l'aurait souhaité. Mais cela ne lui fait rien. Il regarde le visage contrit du sergent, son air d'enfant pris en faute, et il n'éprouve plus aucune colère envers lui. Plutôt une sympathie inavouable de maître d'école pour un cancre turbulent.

— Mon capitaine, commence Febvay, je voulais vraiment vous dire que...

Le capitaine Degorce fait un bref signe de la main.

— Ça va, Febvay, n'en parlons plus. Je ne veux plus en parler. Faites votre boulot et tenez-vous à carreau. Alors ? demande encore le capitaine en se tournant vers Moreau.

— Alors rien, mon capitaine, dit Moreau, rien du tout. Il nous prend de haut, tout juste s'il nous envoie pas nous faire foutre. Et il nous chante des couplets sur la liberté de pensée, l'émancipation des peuples opprimés, des conneries de ce genre. On dirait un numéro de music-hall.

— On n'est pas pressé, dit le capitaine Degorce. Je suis sûr qu'il ne tiendra pas le coup.

— Si vous permettez, mon capitaine, observe Moreau, il le tiendra encore moins si on lui balance un peu de jus dans les couilles, même pas trop fort, d'ailleurs, ce type, il a que de la gueule, rien de plus…

— Pas comme le Kabyle, dit Febvay.

— Ah ! le Kabyle ! dit un soldat. Une sacrée paire, le Kabyle !

S'ensuit une brève conversation sur les mérites respectifs de différents suspects interrogés d'où il ressort unanimement que le courage et la résistance d'Abdelkrim Aït Kaci ont été exceptionnels et Moreau fait de grands hochements de menton admiratifs avec, dans les yeux, quelque chose qui ressemble à de la nostalgie. "Un homme courageux, oui…" confirme le capitaine Degorce et il est consterné de constater qu'il se met lui aussi à trouver ce genre de discussions irrésistiblement passionnantes.

(Oh, la pauvreté de notre âme !)

L'esprit des hommes est capable d'embrasser tant de choses si merveilleusement diverses. Mais dès les premiers jours à Buchenwald, le capitaine Degorce s'en souvient, elles perdent leur attrait et cessent tout simplement d'exister, à commencer par les plus hautes, les plus dignes de vénération jusqu'à ce que, finalement, la moindre pensée abstraite devienne impossible. A vrai dire, il n'y a plus de pensée du tout et ne demeurent dans l'esprit mutilé et rétréci que les préoccupations caractéristiques d'une forme de vie incroyablement primitive, aveugle, patiente et obstinée – celle d'une bactérie prisonnière d'un glacier sans âge, celle d'une larve dans les ténèbres. On regarde sans se lasser, les yeux brillants de désir et de respect, le spectacle voluptueux d'une bouche mastiquant méthodiquement un morceau de pain. Trois corps pendent au gibet, d'autres condamnés attendent leur tour, et l'on ne pense à rien d'autre qu'au moment où l'on se protégera dans les baraquements du vent froid de l'automne 1944 qui balaie la cour et fait lentement tournoyer les cadavres au bout de leur corde. Le Dieu qu'on s'obstine à prier n'est plus qu'une idole tyrannique et barbare dont on n'attend plus rien que d'échapper encore un peu à sa colère sans fin ni raison. Les ressources de l'intelligence se sont tout entières condensées en une espèce de ruse intuitive et servile et il ne reste des anciens sentiments que de brusques élans d'émotion irrationnelle, comme l'affection arbitraire dont Raymond Blumers, un ancien de la guerre civile espagnole, a soudainement entouré André Degorce, le vieux Blumers qui se moquait de ses signes de croix et de ses prières et l'appelait "le petit curé" mais qui a usé de toute sa mystérieuse influence pour que son nom se retrouve sur la liste du commando *Arbeitstatistik*, arrachant comme par magie André aux durs travaux de force qui étaient en train de le tuer pour l'envoyer faire de la comptabilité dans un bureau et chaque soir, en mangeant sa soupe, André a lancé vers Blumers des regards pleins d'une gratitude de bête mais il n'a pas versé une larme en assistant à sa pendaison en février 1945, figé une fois encore dans un garde-à-vous grotesque sur la grande place du rassemblement, pas plus qu'il n'a pleuré en pensant à ses parents ou à Lézieux, ou à ce que pouvait être la vie, car dans ce que la vie est alors devenue, il n'y a plus de place pour la pureté du chagrin. Et cela aussi, c'est le crime – mais c'est ainsi que la vie se protège et se perpétue, en se rendant aveugle et sourde. Il a fallu si longtemps au capitaine Degorce pour comprendre qu'il n'était pas coupable de ce crime, et quand les Américains ont forcé les habitants de Weimar à visiter le camp, c'est lui qui a baissé les yeux de honte devant eux. Et voici que quelque chose de semblable a encore eu lieu, ici même, de l'autre côté du miroir obscur, pour lui et pour tous les hommes qu'il commande, quelque chose qu'il ne pourra pas pardonner, même s'il ne baisse plus les yeux devant personne.

(Mon Dieu, qu'avez-vous fait de moi ?)

— Je passe à mon bureau.

— Bien, mon capitaine.

Febvay lui sourit et il lui rend son sourire.

(Voici les frontières du monde. Des salles d'interrogatoire. Des cellules et des couloirs sans fin. Cet affreux ciel jaune. Des corps perdus. Des âmes perdues. La nudité intolérable.)

C'est tout ce qu'ils ont à partager : des pronostics et des appréciations sur la résistance des corps, comme si leur travail ne consistait pas à recueillir des informations mais à organiser des séries d'épreuves destinées à faire apparaître en pleine lumière un paramètre caché, essentiel, primitif, la source unique de toute valeur. Ils sont des chercheurs, les spécialistes d'une dissection subtile, des prophètes fascinés et le mystère qu'il leur est aujourd'hui donné de contempler en récompense de leur zèle et de leur dévouement a brûlé leurs yeux. La nuit est tombée sur tout ce qu'ils ont aimé et ils l'ont oublié, peut-être pour toujours. Le capitaine Degorce revoit la silhouette sans visage penchée sur lui, à la Gestapo de Besançon, il entend le souffle haletant, il croise un regard trouble posé sur son corps meurtri, la commissure des lèvres tremble d'avidité et de dégoût et il sait qu'il comprend cet homme aussi intimement que s'il était devenu une part de lui-même. Il comprend

Moreau, il comprend Febvay et le moindre de ses soldats sans avoir besoin d'échanger un seul mot avec eux. Ils ont subi la même métamorphose et sont devenus des frères. Les circonstances de leurs vies passées ne comptent pas, pas plus que ne compte la nausée que la révélation de cette parenté fait naître en lui. Il n'a plus d'autre famille et, tous les jours, ce sont des étrangers qui lui écrivent. Les liens qui l'unissaient à ses parents, à Jeanne-Marie et aux enfants ont disparu et n'ont laissé derrière eux, comme une empreinte absurde, qu'un certain nombre d'habitudes et de pensées machinales dont il est impossible de se défaire mais qui ne font plus signe vers rien. Peut-être même ces liens n'ont-ils jamais existé que sous forme d'idées inconsistantes ou de conventions, il est impossible de se le rappeler, et le capitaine Degorce a le sentiment d'avoir été emporté si loin qu'il ne reviendra jamais. Il faudrait avoir le courage de ne plus répondre aux lettres encore posées là, sur le bureau, pleines de phrases et de sentiments incompréhensibles.

"... une petite neige de printemps, venue du Jura, qui nous a glacés jusqu'aux os..."

"... et tout le monde est si fier de toi, André : Jean-Baptiste, qui profite pourtant de sa retraite, regrette presque de ne plus pouvoir..."

"... et tu sais, mon cher beau-frère, combien je te suis reconnaissant de prendre soin de Jacques qui trouvera en toi un modèle et le père qu'il mérite alors que moi-même, je ne suis que..."

Il aurait mieux valu que Claudie ne vienne jamais au monde et que le premier époux de Jeanne-Marie ne meure pas. Peut-être pense-t-elle encore à lui avec nostalgie en passant devant la photo accrochée au mur du salon. Le capitaine Degorce s'est résigné à ne jamais s'élever à la hauteur de ce premier amour dont il ne sait rien. Il se rend bien compte que Jeanne-Marie s'est toujours donnée à lui avec plus de tendresse que de volupté et, pour la première fois, il en éprouve une rancœur douloureuse.

(C'est vrai, tout ce pour quoi je me bats n'existe déjà plus.)

Mais les pensées qui l'écrasent n'ont en réalité aucun poids et la brise la plus délicate les disperse. Il est injuste envers lui-même, et plus injuste encore envers ceux qui l'aiment. Ce n'est pas vrai, il ne s'est pas éloigné d'eux et ce pour quoi il se bat est encore vivant, il accomplit une mission, extrêmement pénible et éprouvante, mais indispensable pour mettre un terme définitif aux attentats terroristes. Aucun autre moyen d'action n'est concevable et ce n'est pas à lui de se justifier. Seul un lâche et un traître comme le général de Bollardière peut faire passer ses états d'âme avant les exigences du bien commun et lui n'est pas un lâche. Plus tard, il l'expliquera à Jeanne-Marie. Pour l'instant, il a besoin de se concentrer et de ne pas l'oublier. Il a besoin de se mettre les idées au clair, une bonne fois pour toutes, et de faire cesser toutes ces fluctuations épuisantes et inutiles. Il lit attentivement la lettre de ses parents en se promettant de leur faire une belle et longue réponse.

*

Il est en train de fixer une feuille blanche, un stylo à la main, quand la sonnerie du téléphone le délivre. La voix du colonel est étonnamment douce et posée.

— Nous remettons Hadj Nacer à la justice, Degorce. On l'envoie à Paris. Qu'il se débrouille pour sauver sa tête, ou bien qu'on la lui coupe. Nous avons fait plus que notre part, il me semble.

— Bien, mon colonel. Où dois-je le conduire ? Et quand ?

— Vous, Degorce, vous ne le conduisez nulle part. Votre rôle s'arrête là et, d'ailleurs, je dois vous transmettre les plus vives félicitations de...

La voix est franchement chaleureuse, maintenant, mais le capitaine Degorce ne l'entend plus.

— Mon colonel, coupe-t-il, qu'est-ce que ça veut dire, mon rôle s'arrête là ? Quelles sont les dispositions prévues ?

— Le lieutenant Andreani viendra récupérer Hadj Nacer cette nuit, seulement Hadj Nacer, et il le prendra en charge jusqu'à son transfert en métropole, demain dans la journée.

— Mon colonel, dit le capitaine Degorce en essayant de maîtriser une émotion qu'il ne s'explique pas, mon colonel, je ne comprends pas l'intérêt de cette façon de procéder et je me permets d'insister pour m'occuper de Hadj Nacer jusqu'au bout.

— Non, dit le colonel.

— Mon colonel, insiste le capitaine Degorce, c'est mon prisonnier, Andreani n'a rien à voir là-dedans, et j'insiste pour...

— Fermez-la, nom de Dieu ! explose le colonel. Votre prisonnier ! *Votre* prisonnier ? Vous vous prenez pour qui, à la fin ? Vous êtes un officier, bordel ! un officier de l'armée française, pas un chef de bande, et vous avez une hiérarchie, figurez-vous, une hiérarchie qui prend ses décisions en se passant de vos avis, c'est clair ?

— Je ne comprends pas l'intérêt, mon colonel, de l'intervention du lieutenant...

— Ecoutez, Degorce, dit le colonel en soupirant, franchement, hein ! je suis d'une patience avec vous... il y a peut-être des choses auxquelles vous ne pensez pas, je sais pas, moi, des considérations de sécurité, par exemple…

— Mon colonel, le prisonnier est parfaitement en sécurité ici et…

— Ça suffit ! hurle le colonel. Andreani viendra cette nuit et c'est tout. J'en ai ma claque de vos conneries.

Et il raccroche.

*

Il ne comprend pas ce qui l'angoisse à ce point. Le regret d'avoir perdu son temps à essayer d'écrire des mots impossibles au lieu de le passer auprès de Tahar ou la perspective de le remettre à Andreani. Il range le papier à lettres et tourne en rond dans son bureau en fumant. Il voudrait pouvoir faire quelque chose mais il ne sait pas quoi. Il fait appeler Moreau et lui expose les décisions de l'état-major.

— Bon, dit Moreau.

— Alors voilà ce que nous allons faire, dit le capitaine Degorce : vous allez me choisir cinq types et me les tenir prêts. Et quand Andreani sera là et que nous lui amènerons Hadj Nacer, ils lui rendront les honneurs militaires.

— Les honneurs militaires, mon capitaine ?

— Ça vous pose un problème ? Ça vous choque ? Parlez franchement, je vous en prie.

Moreau hausse les épaules.

— Ecoutez, poursuit le capitaine Degorce, il faut savoir rendre hommage à nos ennemis de valeur, c'est quelque chose qui nous honore, vous comprenez. C'est important.

— Bien, mon capitaine.

— Tarik Hadj Nacer est un ennemi de valeur, Moreau. De très grande valeur.

— Bien, mon capitaine, je m'en occupe, dit Moreau en faisant demi-tour.

Le capitaine reste un instant assis sur le bord de son bureau et sort dans le couloir.

— Moreau ! Revenez un instant ! Je n'ai pas fini.

— Oui, mon capitaine ?

— Il y a une chose que vous devez savoir. C'est mon initiative, une initiative tout à fait personnelle. Je n'en ai fait part à personne, je n'ai l'aval de personne et je ne suis pas sûr que j'aurais pu l'obtenir. Et donc, vous voyez, ce n'est pas un ordre que je vous donne, Moreau. Si ça vous pose un problème, je demanderai à quelqu'un d'autre de s'en occuper. Vous devez vous sentir tout à fait libre. Je serai heureux de votre soutien mais je ne vous tiendrai pas rigueur de ne pas me l'accorder, vous avez ma parole. Je trouverai quelqu'un d'autre. Voilà. Prenez votre décision.

— Mon capitaine, répond immédiatement Moreau, ce que vous faites est bien fait, voilà ce que je pense. Je m'occupe de ça. Je m'en occupe volontiers. Et je vous remercie de votre confiance, mon capitaine.

(Ma famille.)

— C'est moi qui vous remercie, mon adjudant-chef, murmure le capitaine Degorce en lui serrant la main. C'est moi.

Il se sent parfaitement bien, propre et soulagé. Il a réussi à faire en sorte que les choses prennent une tournure honorable. L'avenir lui apparaît sous des couleurs attrayantes. Encore quelques semaines à passer et ce sera terminé. Il aura fait son devoir et il saura que ce n'était pas en vain. Les questions inutiles ne se poseront plus. Tahar aura le procès équitable qu'il mérite et un jour prochain, un jour qui finira bien par se lever, tout sera derrière eux et ils ne seront plus ennemis. Il ouvre la porte de la cellule avec bonne humeur. Tahar lève les yeux vers lui.

— Voilà, nous sommes fixés, annonce le capitaine Degorce en s'asseyant. On viendra vous chercher dans la nuit et, demain, vous serez remis à la justice, en métropole.

— Bon, dit Tahar. Demain. Et cette nuit, je vais la passer où ?

— Dans d'autres locaux, répond le capitaine Degorce. Dans la compagnie de l'officier auquel je dois vous remettre, je suppose. A Saint-Eugène.

Tahar ferme les yeux.

— Demain, c'est vendredi, chuchote-t-il. J'ai de la chance.

— Que voulez-vous dire ? demande le capitaine Degorce et l'angoisse qu'il croyait disparue lui brûle encore la poitrine.

Tahar sourit tristement.

— Ce n'est pas important.

Le capitaine Degorce est assis à moins de deux mètres de lui mais il a le sentiment qu'une distance infinie les sépare et qu'il en a toujours été ainsi. Le cœur des hommes est un tel mystère. Le cœur de celui-ci est un mystère encore plus grand. Le capitaine voudrait pouvoir arracher Tahar à sa solitude et le ramener vers lui, ne serait-ce qu'un instant, et il le regarde avec une bienveillance presque suppliante.

(Un jour, cette guerre sera finie et vous et moi nous serons à nouveau assis l'un en face de l'autre, en plein soleil, et nous pourrons parler, cette fois, nous pourrons nous dire tout ce que nous n'avons pas eu le temps de nous dire ici.)

— Un jour, cette guerre sera finie, vous verrez, dit le capitaine Degorce.

— Je sais, capitaine, dit Tahar.

Il n'a pas rouvert les yeux. Ses traits se sont affaissés lentement et il a l'air très vieux. Des ombres obscurcissent son visage là où se creuseront les rides profondes qu'on devine à l'affût au coin des yeux, sur le front, au creux des joues. Et peu à peu, les ombres s'estompent, le pli amer de la bouche redevient lentement un sourire et le masque de la vieillesse se craquelle et se brise en silence. Les yeux s'ouvrent mais la lueur qui les éclaire demeure indéchiffrable. Toutes les phrases que le capitaine Degorce voudrait prononcer lui semblent vaines et déplacées.

— Je viendrai vous chercher, dit-il seulement avant de quitter la cellule.

Il sort fumer une cigarette dans la rue. Le vent est tombé et un soleil énorme se couche lentement sur la ville. Des grains de sable sont collés aux fenêtres et aux grillages. L'air est saturé de poussière et d'humidité. Le capitaine Degorce se demande comment on peut s'attacher à cette ville. Si elle possède un charme secret, il lui est définitivement impossible de le percevoir. Il la quittera sans regrets. Dans la salle d'interrogatoire, Febvay, assis sur la table, mange une grosse pomme qu'il découpe en morceaux avec un poignard de commando en jetant de temps à autre des regards furieux à Robert Clément, menotté à un radiateur. Il crache des pépins dans sa direction.

— Toujours rien, constate le capitaine Degorce.

— Rien du tout, mon capitaine.

Le capitaine s'agenouille près de Clément.

— Les nuits ne sont pas très agréables ici, vous savez, lui confie-t-il. Et le pire, c'est qu'on ne s'y habitue pas. J'ai remarqué ça. Chaque nuit est pire que la précédente. On a tort de dire qu'on s'habitue à tout. La sagesse populaire ne vaut pas grand-chose, n'est-ce pas ?

Clément garde un silence obstiné.

— Enfin, vous verrez bien. Mais c'est stupide. Et tout à fait inutile, croyez-moi. Ne vous infligez pas ça. Je vais vous dire ce qui va se passer, moi. Demain, ou après-demain, quelqu'un de votre famille, votre mère peut-être, ou votre fiancée, va passer ici et demander de vos nouvelles. Et savez-vous ce que je vais lui répondre ? Non ? Je vais lui répondre que nous vous avons libéré aujourd'hui dans l'après-midi et que je suis très étonné qu'elle soit encore sans nouvelles de vous. Je vais l'assurer de toute ma sympathie et lui demander de ne pas manquer de me tenir au courant. J'aurai l'air inquiet, très inquiet. Je sais que mon inquiétude est particulièrement contagieuse. Et quand elle sera repartie, je viendrai vous voir et je vous raconterai la scène dans tous ses détails. Je n'omettrai rien, soyez-en sûr. Peut-être m'écouterez-vous avec cette belle indifférence, par amour-propre ou par bêtise. Et puis il y aura une autre nuit et vous repenserez à tout ça, il vous sera impossible de ne pas y penser. Vous comprendrez que vous n'existez plus. Vous penserez à l'angoisse des vôtres. C'est redoutable les pensées, la nuit. Ça aussi, je l'ai remarqué, je suis très observateur. Vous finirez par voir les choses autrement. Vous me direz ce que je veux savoir, j'en suis sûr.

Le capitaine considère un instant Clément et se penche à son oreille.

— Et si je me trompe et que mon erreur m'énerve vraiment, ce que je n'espère pas pour vous, voilà ce que je ferai peut-être : je vous libérerai. Je vous raccompagnerai sur votre lieu de travail et je prendrai congé de vous très chaleureusement, je vous l'assure, je vous serrerai même dans mes bras, et avant cela, mes hommes auront fait courir partout, auprès des bonnes personnes, les bruits les plus élogieux sur votre compte, ils parleront de votre enthousiasme à aider l'armée de votre pays bien-aimé, du courage avec lequel vous avez accepté de jouer aux sous-marins, vous voyez, et votre libération sera suivie d'une vague d'arrestations très peu discrètes. J'y veillerai. Je ne crois pas que vous aurez le temps de faire vos valises.

Le capitaine Degorce met deux petites tapes amicales sur l'épaule de Clément.

— Vous savez ce que vos amis du FLN font aux traîtres ? J'ai des photos si ça vous intéresse.

Clément se tourne vers le capitaine et lui crache au visage. Febvay se lève d'un bond.

— Laissez, Febvay, l'arrête le capitaine Degorce en s'essuyant le visage. Laissez. Ça veut dire que M. Clément a déjà commencé à réfléchir. Enfermez-le pour la nuit. Tout seul.

(Sale petit fumier.)

*

Les pages ne sont plus blanches. Sur chacune d'elles, il a écrit la date, "Chers parents", "Ma chère épouse, mes enfants chéris" et même "Mon cher Marcel". Et c'est tout. Il est onze heures et la nuit est tombée. Il s'est forcé à manger quelque chose et il reste assis, le stylo à la main, tournant la tête à chaque bruit de moteur. Il prend le début de lettre qu'il destinait à Marcel et le jette à la corbeille en ayant l'impression d'avoir réglé efficacement une partie de son problème. "Mes chers parents, prenez soin de votre santé, surtout toi, papa. Ici, tout va pour le mieux. Votre fils, André." Inutile de relire. Il faut mettre ça dans une enveloppe, au plus vite, et cesser d'y penser. Les mots reviendront. "Ma chère épouse, mes enfants chéris, une journée particulièrement chargée m'empêche de vous écrire longuement et ne me laisse que le temps de vous dire que tout va bien et de vous assurer de ma profonde affection." Courrier au départ. Son esprit est intact. Il est capable d'élaborer des raisonnements complexes et de prendre des décisions. Il sait formuler et comprendre les données d'un problème, hiérarchiser des informations. Il sait concevoir des plans nécessitant l'élaboration de conjectures à moyen et long terme. Mais, bien sûr, quand il s'agit d'écrire une lettre aux siens, quelque chose d'autre est nécessaire, quelque chose qu'il a manifestement perdu. L'âme, peut-être, l'âme, qui rend la parole vivante. Il a laissé son âme en chemin, quelque part derrière lui, et il ne sait pas où. Demain, il faudra recommencer cette épreuve – écrire, écrire au moins quelque chose, et il regrette de ne pas avoir gardé une copie de ses lettres pour pouvoir les envoyer à nouveau, telles quelles. C'est pourtant, à peu de chose près, ce qu'il fait depuis des semaines. Une copie serait tout à fait inutile. Il regarde l'organigramme. Quand il l'aura complété, il pourra retourner sur ses pas et retrouver son âme là où il l'a laissée. En attendant, il abrite un désert.

(Et mes pensées sont comme des graffitis sur les murs d'une pièce vide.)

Tout est silencieux. C'est une heure terrible de la nuit. Le jour s'est enfui et ne se lèvera pas avant longtemps. C'est l'heure où le cœur du Christ s'emplit d'angoisse dans l'ombre du jardin de Gethsémani, les apôtres ont fui dans le sommeil, l'abandonnant à sa solitude effroyable, et son cœur est un faible cœur d'homme qui s'épouvante à l'approche de la mort. Il tombe la face contre terre, les feuilles des oliviers frémissent sous le vent et rien n'éloignera le calice amer. C'est l'heure où s'arment les soldats du Sanhédrin et le sombre procurateur de Judée arpente les couloirs de son palais silencieux en remettant sans cesse l'heure du coucher à plus tard. Pour lui aussi, cette nuit est une nuit d'angoisse et il ne sait pas pourquoi. Il songe aux terreurs de l'enfance et se désole qu'elles soient revenues troubler l'homme austère et grave qu'il est devenu. Il a dans la bouche un goût de sang et son âme est triste à mourir. Le capitaine Degorce éteint la lumière dans son bureau et marche à son tour le long de couloirs interminables, il marche lentement, sans croiser personne, et il a l'impression d'être prisonnier d'un labyrinthe infini. Il finit par trouver Moreau.

— Tout est prêt, mon capitaine, selon vos ordres.

— Je vais m'allonger un instant. Réveillez-moi quand Andreani arrive.

Dans sa chambre, il retrouve sa bible et en respire les pages. L'odeur délicieuse de colle et de papier l'apaise. Il lit : "Alors il dira à ceux de gauche : Allez loin de moi, maudits, au feu éternel qui est prêt pour le diable et ses anges. Car j'ai eu faim et vous ne m'avez pas donné à manger, j'ai eu soif et vous ne m'avez pas donné à boire ; j'étais étranger et vous ne m'avez pas recueilli ; nu, et vous ne m'avez pas vêtu ; malade et en prison, et vous ne m'avez pas visité." Le capitaine Degorce s'allonge tout habillé sur son lit, les yeux ouverts. C'est ce texte qui est un labyrinthe infini. Il se relève. Les couloirs, à nouveau, et la porte de la cellule, et enfin Tahar, qui lui demande en se redressant :

— Est-ce l'heure ?

— Non, répond le capitaine Degorce. Je suis venu attendre l'heure avec vous, si ça ne vous dérange pas. Je vous en prie : laissez-moi demeurer auprès de vous, dit-il encore – et Tahar lui sourit.

Je me souviens de vous, mon capitaine, et je vous revois encore vous avancer vers la cour sans même un regard en direction du box des accusés d'où Paul Mattei et moi vous regardions passer. Vous portiez toutes vos décorations et des galons tout neufs de lieutenant-colonel. Peut-être ont-ils fini par faire de vous un général mais ne m'en veuillez pas, mon capitaine, si je m'en tiens au grade de votre jeunesse, le seul que vous deviez à votre courage et non à votre servilité exemplaire, une servilité si grande qu'aujourd'hui encore je n'en mesure peut-être pas toute l'ampleur. Car je suis incorrigible, mon capitaine, et l'amour que je vous ai porté a laissé une trace si profonde dans mon cœur que je n'ai jamais pu renoncer à l'espoir absurde de vous retrouver un jour, un espoir sans cesse déçu, bien sûr, comme en ce printemps 1961 où j'ai cru jusqu'au bout à votre ralliement. Vous n'étiez encore que commandant, je ne vous avais pas revu depuis les combats de la wilaya V, et si je savais déjà que la victoire ne signifiait rien pour vous et que vous seriez prêt à vous la laisser voler au profit des amis de Tahar qui l'avaient si peu méritée, je pensais quand même que vous n'accepteriez pas d'avoir versé tout ce sang pour rien, ce sang auquel seule la victoire pouvait donner un sens. Oui, mon capitaine, je suis incorrigible et je refusais de voir qu'au fond vous n'étiez qu'un laquais, un domestique fidèle et plein de reconnaissance envers ses maîtres pour les colifichets dont ils récompensaient sa bassesse, et vous n'avez pas bougé, vous avez accepté l'ignominie qu'on nous imposait, sans broncher, comme les autres laquais, nos anciens frères d'armes, dont nous apprenions qu'ils faisaient défection, l'un après l'autre, malgré toutes leurs promesses solennelles, et Paul Mattei m'a dit, Horace, ça ne peut pas finir comme ça. Non, mon capitaine, rien ne pouvait finir comme ça, dans une ultime mascarade grotesque, ni cette guerre, ni notre révolte, car nous refusions d'oublier nos promesses, et nous, nous les avons tenues, coûte que coûte, en renonçant à tout ce qui avait motivé nos vies jusqu'ici, cette armée de lâches, ce pays de laquais qui avait renoncé à sa mémoire et honteusement détourné le regard pendant qu'on emmenait Belkacem et les siens à l'abattoir, comme si le sang de ces hommes comptait pour rien, et je n'ai pas pu l'empêcher, mon capitaine, mais je pouvais tenir mes promesses et montrer que le sang avait un prix, un prix exorbitant qu'il fallait payer. A l'ouverture de notre procès, Paul s'est levé et il a demandé, de quoi devrais-je être absous ? après quoi, il s'est tu mais moi, mon capitaine, je ne leur ai pas fait l'honneur d'un seul mot, je les ai laissés à la vertu de leurs indignations sélectives et j'ai refusé de participer en quoi que ce soit au déroulement de cette comédie au point de ne même pas m'opposer à ce que notre avocat vous fasse citer comme témoin. Oh, mon capitaine, après tout, ce n'est peut-être pas seulement par principe que je n'ai pas protesté, peut-être attendais-je encore quelque chose de vous, je suis incorrigible, ou peut-être une part secrète de moi-même, enfouie dans les abîmes de mon cœur, se réjouissait-elle à l'idée de vous revoir, personne ne peut le dire, et je vous ai écouté faire votre déposition devant la cour, je vous ai entendu parler avec des mots convenus de notre comportement exemplaire en Indochine, de la difficulté de servir en Algérie et des circonstances exceptionnellement tragiques qui pouvaient peut-être atténuer la noirceur de notre trahison, et j'étais atterré, car sauf au moment où vous avez marmonné je ne sais quelle ineptie sur la difficulté de protéger son âme pendant cette guerre cruelle, vous aviez l'air de réciter une leçon, mon capitaine, vous regardiez fixement devant vous, je m'en souviens très bien, et il était si évident que vous n'étiez là que par devoir, nos actes vous inspiraient une répulsion si manifeste que c'est peut-être votre témoignage qui a finalement décidé de notre condamnation à mort. Non, mon capitaine, je ne serais pas étonné de l'apprendre, mais ce n'est pas de cela que je vous tiens rigueur, la mort m'était familière depuis bien longtemps, n'est-ce pas, et c'est la perspective de vivre encore dans ce monde si fragile et si vieux qui me semblait alors étrange, presque redoutable, peut-être n'ai-je jamais su rendre justice à la vie comme mon petit séminariste le déplorait déjà dans les lettres qu'il m'écrivait depuis les flancs du Djurdjura, avant qu'un obscur chef de zone du FLN ne décide de son exécution. Une fois le calme rétabli en ville, quand notre travail à la villa de Saint-Eugène fut terminé, j'ai fait tout ce que j'ai pu pour lui éviter une affectation au combat bien qu'il ait manifesté le désir de rester près de moi, mais il en avait assez fait, mon capitaine, il n'avait rien choisi et il méritait la paix. Bien sûr, il m'est encore pénible de penser que c'est en voulant lui offrir la paix que je l'ai envoyé vers ses assassins, mais les assassins étaient si nombreux qu'ils l'attendaient sans doute au bout de chaque chemin qui aurait pu le conduire loin du village kabyle où il fut affecté comme instituteur. J'ai reçu sa première lettre au bout de trois mois, je m'en souviens très bien, c'était sans doute le temps qu'il lui avait fallu pour émerger des décombres sous lesquels la villa de Saint-Eugène l'avait enseveli et il se sentait renaître, il m'écrivait qu'il pensait souvent à moi, qu'il aurait aimé que je puisse venir passer quelques jours avec lui pour comprendre ce que pouvait la vie, malgré la misère, malgré la guerre, et la guerre lui semblait si loin, écrivait-il encore, qu'il lui arrivait souvent d'oublier son MAT 49 dans le coin de la salle de classe où il l'avait posé le matin, les enfants couraient après lui pour lui rendre son arme alors qu'il marchait déjà sur la route du poste, les mains dans les poches, en souriant au soleil couchant, comme s'il était enfin devenu lui aussi un enfant insouciant et c'est encore ainsi que je l'imagine aujourd'hui. Il me remerciait de lui avoir accordé cette chance et il me plaignait, il se disait sûr qu'à moi aussi, il serait un jour donné de renaître et il disait qu'il ne rentrerait pas en métropole, même quand la guerre serait finie, il resterait là avec ses enfants, il leur apprendrait à écrire leur nom en belles lettres rondes et il leur apprendrait à chanter des comptines, à faire la chenille en poussant des cris de joie dans les ruelles du village et à tresser les kilos de scoubidous que sa mère lui avait envoyés par la poste et que les petites filles accrochaient en riant à leurs colliers multicolores, il m'écrivait leurs prénoms qui se sont enfuis de ma mémoire, Djeyda, Ghozlene, ou Dihya, et il répétait qu'il ne les abandonnerait jamais, il les regarderait encore s'émerveiller d'être prises en photo, assises sur le muret de la cour de l'école, dans la lumière de l'été qui faisait resplendir les couleurs vives de leurs robes de fête, et plus jamais il ne s'éloignerait de leurs sourires qui lui brisaient le cœur et l'emplissaient en même temps d'un amour de la vie si invincible que tous les souvenirs de souffrance et de mort qui l'empêchaient parfois de dormir ne pouvaient en ternir l'éclat. Bien sûr, il avait perdu la foi en Dieu mais la foi nouvelle qui l'animait lui semblait impérissable, et il ne regrettait rien. Les parents d'élèves l'invitaient parfois à manger avec eux un couscous de pauvres légumes ou, dans les jours fastes, un sanglier rôti dont la partie impure avait été soigneusement prélevée, maudite et jetée au feu, il regagnait le poste de plus en plus tard, d'un pas toujours plus nonchalant, et c'est en rentrant d'un de ces repas, une nuit de 1959, qu'il s'est fait tuer. Le sous-lieutenant qui commandait le poste ne s'est aperçu de son absence que le lendemain matin et ils ont trouvé son cadavre mutilé sur le bord du chemin. Son MAT 49 avait disparu. Si j'avais été chef de poste, mon capitaine, j'aurais fait arrêter toute la famille qui l'avait invité à dîner et savait qu'il rentrerait seul dans la nuit, j'aurais fait brûler leur taudis, mais je ne l'ai même pas suggéré à cet imbécile de sous-lieutenant, j'ai accepté de croire moi aussi, en souvenir de mon petit séminariste, que tous les sourires qui avaient illuminé ses dernières semaines étaient purs et sincères et j'ai simplement demandé qu'on me permette d'écrire moi-même la lettre qui devait être envoyée à ses parents. C'était contre les usages mais le sous-lieutenant a tout de suite accepté – en fait, je le soulageais d'une corvée, il n'aurait su qu'aligner les mêmes formules toutes faites que vous avez vous-même employées à mon procès, mon capitaine, la conduite exemplaire, les circonstances tragiques, toutes ces bêtises, et son indifférence aurait sali la mémoire de ce garçon qui m'importait tant, oui, elle m'importait et c'est vous, mon capitaine, qui m'aviez enseigné la nécessité d'emprunter les voies détournées du mensonge pour que soit préservée la mémoire des morts et leur vérité essentielle, infiniment plus précieuse que la plate vérité des faits. J'ai récupéré ses affaires personnelles, des lettres, un petit lexique où il avait commencé à noter des phrases en kabyle et leur traduction, le Christ noir enveloppé dans de vieux journaux et des dizaines de photos qu'il avait prises dans le village. J'ai adressé la lettre à sa mère, je lui ai écrit toute l'affection que j'avais pour son fils qui avait servi sous mes ordres plusieurs mois au cours desquels j'avais pu apprécier ses qualités humaines et son indéfectible rectitude morale, j'ai parlé du travail de secrétariat très important qu'il avait accompli pour moi mais c'est seulement en Kabylie, ai-je écrit, que la mission qu'on lui avait confiée avait répondu à ses aspirations profondes et je lui assurais qu'il était heureux, si heureux que, même en ayant conscience de la menace qui pesait sur lui, il n'avait pas souhaité partir, peut-être y trouverait-elle un réconfort à son chagrin, je lui ai écrit que sa mort avait été rapide, qu'il n'avait pas souffert, je lui en ai donné ma parole, mon capitaine, je savais qu'on lui rendrait le corps dans un cercueil scellé et que jamais elle ne saurait ce qu'on lui avait fait subir cette nuit-là, et j'ai écrit que tous les enfants qui étaient devenus les siens étaient inconsolables, ils ne l'oublieraient jamais, ils porteraient avec elle le deuil de son garçon, dans un village qu'elle ne connaissait pas, sur les flancs du Djurdjura, et cela, au moins, mon capitaine, pouvait être vrai. J'ai terminé en lui proposant de lui rendre visite, si elle le souhaitait, à mon retour en métropole mais, bien sûr, je n'en ai jamais eu l'occasion et j'ai emballé toutes les affaires de mon petit séminariste, sauf la photo des fillettes dans la cour de l'école, Massiva, Leïla, et Thiziri, que j'ai gardée comme j'en avais le droit, mon capitaine, car c'était pour moi qu'il l'avait prise, pour moi seul, et aujourd'hui encore, je me souviens de lui en la regardant, je m'en souviens très bien, mais je pense aussi à vous, mon frère, mon capitaine, chaque fois que je croise les yeux graves et les sourires qu'il vous est défendu, comme à moi, de comprendre. J'ai envoyé le paquet et la lettre et j'ai rejoint la wilaya V où les katibas du colonel Lotfi harcelaient nos postes avant de se réfugier derrière la frontière marocaine. Vous auriez dû être soulagé d'avoir retrouvé la guerre telle que vous l'aviez toujours connue, mon capitaine, en pleine lumière, contre des ennemis en armes qui vous avaient enfin arraché aux caves humides d'El-Biar, mais il suffisait de vous regarder un instant pour deviner que vous ne l'étiez pas. Peut-être aviez-vous compris que rien ne pouvait arrêter ce qui avait été commencé, mon capitaine, et qu'ici encore, aux portes du Sahara, la seule chose qui importait était d'obtenir des renseignements. Quand une de nos patrouilles a été massacrée près d'un village au sud de Béchar, je suis rentré avec mes hommes dans le village où des enfants accroupis mâchaient de l'herbe à chat, les yeux fermés, en essuyant de temps en temps d'un revers de manche la salive verte qui leur coulait sur le menton, un grand chien aux oreilles pointues, couvert de mouches, était pendu tout près d'eux, je m'en souviens très bien, aux branches d'un arbre rachitique, j'ai fait réunir la population et, devant tout le monde, j'ai mis une balle dans la tête du chef de village, il est tombé sur le côté, son chèche déroulé sur le sable, une femme a poussé un cri mais les enfants n'ont pas bougé, et j'ai demandé à Belkacem de traduire ce que je disais aux villageois. Je leur ai dit qu'il leur fallait renoncer à vivre, je leur ai dit qu'ils mourraient tous et qu'ils n'avaient pas à choisir entre la vie et la mort, ils ne pouvaient que choisir la main qui leur donnerait la mort, la mienne ou celle de la rébellion, et je leur ai dit que je reviendrais, chaque fois qu'ils renseigneraient le FLN et pas moi, je reviendrai, chaque fois qu'ils nourriraient un fellaga, chaque fois qu'ils lui donneraient à boire de l'eau de leurs puits, une seule goutte, je reviendrai, ils apprendraient à me connaître, et quand ils me connaîtraient, la seule chose qu'ils souhaiteraient, c'est que la mort ne leur vienne pas de moi. Vous avais-je dit comment j'avais obtenu le renseignement qui nous a permis de tendre cette embuscade, entre Taghit et Béchar, en 1960 ? Vous l'avais-je dit, mon capitaine ? Je ne crois pas, mais je n'avais pas besoin de vous le dire, n'est-ce pas, car vous le saviez bien, même si vous ne vouliez pas l'entendre. C'était la nuit, mon capitaine. Le croissant de lune brillait dans le ciel étoilé et, juste au bord de la longue route désertique, un petit dromadaire tétait sa mère en tremblant sur ses jambes maigres. Vous avez fait installer les mitrailleuses juste en haut d'une côte et quand les hommes de la katiba sont arrivés, vous avez fait ouvrir le feu. Le groupe que je commandais les a pris à revers alors qu'ils essayaient de fuir et nous avons fait une dizaine de prisonniers. Je leur ai demandé qui était leur officier, ils ont désigné un cadavre et je les ai fait mettre à genoux sur le bord de la route. Ils n'ont pas supplié, ils n'ont pas posé de questions. Sans doute savaient-ils que c'était ce qui pouvait leur arriver de mieux. Ils sont tombés en avant, le visage dans le sable. J'ai entendu le petit dromadaire pousser des cris déchirants. Sa mère avait été touchée par une rafale et il se penchait vers le grand corps immobile, il essayait d'atteindre les mamelles pour téter encore mais il n'y arrivait pas, et il levait son long cou vers la lune en criant. Je l'ai fait abattre aussi. Je ne voulais pas le laisser mourir de faim. Quand je vous ai rejoint, vous m'avez demandé combien nous avions de prisonniers et je vous ai répondu que nous n'avions pas de prisonniers. J'ai ajouté que j'avais besoin du cadavre de l'officier et vous m'avez fait signe de m'en aller, en regardant ailleurs, comme si la seule chose qui vous importait était que je ne puisse pas douter de votre mépris. Mais en vérité, c'est moi qui vous méprisais, mon capitaine, cette nuit-là plus que jamais. Le lendemain, je suis retourné dans le village avec le cadavre de l'officier de l'ALN, je l'ai jeté sur la place devant les villageois assemblés et je leur ai dit que celui qui les avait menacés était mort, et tous ses hommes avec lui, mais que moi, j'étais vivant et que seuls les vivants étaient à craindre. Ils se sont approchés du corps, ils ont regardé son visage et je vous jure, mon capitaine, que pendant un court instant, malgré leur terreur et leur désespoir, j'ai senti leur reconnaissance. J'avais besoin de leur terreur et de leur désespoir, mon capitaine, j'en avais besoin pour que nous puissions obtenir la victoire qu'on nous a volée, avec votre complicité honteuse, et dont tous ces gens nous auraient été reconnaissants pour toujours. Je ne les ai pas oubliés, vous savez, et quand, des années plus tard, devant le Saint-George, le chauffeur de taxi m'a demandé où se trouvait ma maison de famille, j'ai nommé ce village, au sud de Béchar, et il m'a dit qu'il n'avait pas compris que c'était si loin et qu'il ne pourrait pas m'y emmener, pas à cause de la distance, il avait déjà fait des courses plus longues et il aurait pu partir plusieurs jours avec moi dans le Sud, il m'aurait fait un prix, mais à cause du danger. Il y avait beaucoup de faux barrages et il m'a dit que, justement, tout près de mon village, le cortège entier d'un mariage qui allait vers Taghit avait été égorgé, même les musiciens, est-ce que je le savais ? et je lui ai dit que oui, je le savais, je connaissais très bien la route sur laquelle ça s'était passé. Peut-être ont-ils installé leur barrage à l'endroit même où nos mitrailleuses ont décimé la katiba, ils ont attendu dans leurs uniformes volés, et la mariée, qui s'appelait Zohra, Hayet ou Sabah, il m'est impossible de m'en souvenir, a pensé que l'interminable contrôle de police retarderait le moment de la fête, et celui de l'intimité, les gens continuaient à chanter, mon capitaine, ils chantaient, je t'aime, Sara, laisse-moi demeurer dans ton cœur, et la mariée a vu que les policiers ne portaient pas les chaussures réglementaires, les voitures ont ralenti, tous les yeux fixaient les chaussures dépareillées et quelqu'un a poussé un cri tandis qu'une voix solitaire achevait de chanter, je mourrais pour toi, Sara, et ils ont tous su qu'ils n'arriveraient jamais à Taghit, et jamais ils ne pourraient s'asseoir à l'ombre de la tente dressée pour eux tout près de la palmeraie, au pied des murailles de terre, la mariée s'est serrée contre son époux qui a posé la main sur son ventre stérile, son ventre de vieille fille qui ne servirait plus à rien, et on les a fait sortir des voitures décorées de rubans blancs, le temps était si sec que leur sang a séché presque instantanément et le vent du désert a fait rouler une darbouka dans la poussière, il a gonflé l'étoffe des robes de satin, fait voler les dentelles déchirées et emporté vers la mer des petits grains de sable roses. Le chauffeur de taxi disait tristement que la vie n'en finissait pas de devenir laide, avant de se mettre à sourire en me faisant remarquer que le ciel s'était assombri, ici, nous avons les quatre saisons dans la même journée, vous voyez ? et je lui ai dit, je sais, en un sens, ce pays est aussi le mien, mais il est redevenu triste et il a murmuré, non, monsieur, ce n'est plus un pays, un pays d'hommes, c'est un abattoir et une prison, et nous, nous sommes les moutons de l'Aïd, il m'a raconté que sa fille de douze ans s'était mise à pisser au lit, toutes les nuits, elle se réveillait en criant et elle était couverte de pisse, comme si elle n'avait pas douze ans mais trois, ou même deux, et que les yeux brillants des loups étaient revenus la guetter dans l'obscurité, la nuit était à nouveau pleine de loups et de monstres, elle sentait leur souffle chaud dans l'obscurité de ses cauchemars et elle se réveillait en criant, l'odeur aigre de la pisse lui montait aux narines, elle faisait peur à ses petits frères qui se mettaient à crier aussi, et il n'y avait rien à faire, on avait beau la cajoler, la gronder, lui dire qu'elle n'était plus une enfant, elle recommençait toutes les nuits, même la frapper n'aurait servi à rien et il ne pouvait pas frapper sa fille, parce qu'il l'aimait et qu'il comprenait sa terreur, alors il la serrait dans ses bras, toute maigre et puante, en attendant qu'elle se rendorme. Et il disait, vous avez de la chance, monsieur, d'être parti mais, vous voyez, il s'est mis à pleuvoir, et dans une heure, il fait soleil. Je n'ai rien répondu et j'ai pensé à mon petit séminariste, je me suis demandé si sa foi nouvelle en la puissance de la vie aurait survécu, et combien de temps, ou s'il aurait fini par comprendre que le sourire des enfants ne veut rien dire et que c'est nous, mon capitaine, qui avons raison de ne pas le comprendre et je me suis rappelé que les voies du mensonge conduisent parfois à la vérité, ainsi que vous me l'avez enseigné, car j'étais maintenant certain que, comme je l'avais écrit à sa mère, même s'il avait pressenti sa mort, il n'aurait pas voulu partir. C'est ainsi, mon capitaine, du mensonge naît la vérité, le petit séminariste a accepté de mourir et le capitaine Lestrade était un héros, pourquoi seraient-ils à plaindre ? Mais vous, mon capitaine, il vous a fallu continuer à vivre, comme un laquais, en vous accrochant à des principes auxquels vous-même n'aviez plus la force de croire, je m'en suis rendu compte cette nuit-là, sur la route de Taghit, je m'en souviens très bien, vous regardiez la lune comme si vous étiez seul au monde et vous n'aviez même plus la force de vous réjouir de vos victoires, même votre mépris était un signe de faiblesse. Fallait-il que je vous aie aimé, mon capitaine, pour ne pas comprendre dès cet instant que plus rien n'avait d'importance à vos yeux, pas même votre petite personne à laquelle vous étiez pourtant si attaché, et si j'avais compris ce que vous étiez devenu, je n'aurais jamais espéré votre ralliement en 1961 et votre pitoyable déposition à notre procès ne m'aurait pas surpris et blessé à ce point, comme vous m'avez blessé tant de fois, mon capitaine, sans même vous en rendre compte. Il est si difficile de se résigner à vivre, je le sais bien, je le sais depuis si longtemps, mon capitaine, et j'ai interdit à mon avocat de se pourvoir en cassation, je ne voulais plus attendre, je ne voulais plus entendre de discours, je ne voulais plus avoir à supporter le visage dévasté de mes parents au parloir de Fresnes, ni les larmes de la sœur de Paul Mattei, et j'espérais que tout cela ne durerait pas mais Salan a sauvé sa tête et j'ai compris qu'ils ne nous exécuteraient pas. La nuit qui a suivi l'annonce de notre grâce, Paul a essayé de se suicider, mais ils l'ont sauvé, ils ne lui ont même pas laissé le choix de sa mort, et quand je l'ai revu à sa sortie de l'hôpital, mon capitaine, il m'a dit, quelle comédie, Horace, quelle comédie et quelle honte, j'ai répondu, oui, et je l'ai serré dans mes bras.

En 1968, nous avons été libérés et nous sommes rentrés chez nous. Je n'avais pas revu mon village depuis mon retour d'Indochine mais j'y avais toujours ma maison et une place au cimetière. J'ai passé des années sans adresser la parole aux militants communistes avec qui j'avais joué pendant mon enfance et eux me regardaient comme si j'étais le diable. Mais tout est si léger, mon capitaine, tout s'oublie si vite, la haine devient froide et puis la froideur s'estompe et nous nous sommes retrouvés à faire des parties de contrée, dans le bar du village, l'hiver au coin du feu et l'été sous la treille, jusqu'à ce que nous soyons tous devenus vieux. J'ai cessé d'appeler Paul parce que nous n'avions plus rien à nous dire mais je n'ai jamais renoncé à l'espoir de vous retrouver un jour, mon capitaine, peut-être par hasard, je ne me rappelais plus le nom du village de votre femme et, de toute façon, je ne m'y serais certainement pas déplacé, mais je m'attendais sans cesse à vous rencontrer, peut-être en faisant les courses en ville, au coin d'une rue, et je savais que je vous reconnaîtrais parce que j'avais déjà vu le visage du vieillard que vous êtes devenu, je l'avais vu apparaître pendant un instant, en ce matin de printemps 1957, et je m'en souviens très bien. Je ne sais pas pourquoi je tenais tant à vous revoir, peut-être pour m'acquitter d'une vieille dette dont j'ai remis l'échéance pendant toutes ces années – car je vous dois quelque chose, mon capitaine, depuis longtemps, quelque chose que je ne veux plus garder pour moi. Nous avions tout préparé, vous savez, pendant que vous rêviez à vos chimères, nous avions tout préparé. Nous avions scellé un crochet au plafond, auquel nous avions suspendu une corde, dans une cave. Quoi que vous pensiez, mon capitaine, je n'aime pas particulièrement faire souffrir, je me contente de faire ce qui est nécessaire et de le faire bien. Pendant que nous roulions vers Saint-Eugène, Tahar n'a rien dit. Il était assis entre le séminariste et Belkacem qui sifflotait sa chanson et il regardait ses mains entravées. En arrivant à la villa, il a vu la corde et la chaise et il n'a pas eu l'air surpris. Si j'avais pu le tuer sans qu'il ne se rende compte de rien, je l'aurais fait, mais ça n'était pas possible, et moi aussi, je veux bien accepter de lui rendre justice sur ce point, mon capitaine, il était courageux, c'est vrai, bien que ça n'ait pas vraiment d'importance. J'ai craint un moment qu'il ne lui vienne l'idée saugrenue de nous faire un discours ou de prononcer une phrase historique mais il ne l'a pas fait, il comprenait la situation et savait que ce n'était pas le moment de se livrer à je ne sais quels enfantillages ridicules. Mais il y a quelque chose qu'il a dit, cependant, oui, il a dit quelque chose et je vous dois la vérité. Il s'est tourné vers moi et il m'a demandé, vous voulez bien transmettre un message de ma part au capitaine Degorce ? et je l'ai regardé et je lui ai répondu non. On l'a immédiatement hissé sur la chaise pour lui passer la corde autour du cou, j'ai donné un coup de pied dans la chaise et Belkacem lui a entouré les reins de ses bras et s'est suspendu à lui. Le petit séminariste est resté debout près de la porte et il a détourné la tête. Tout a été fini très vite. Peut-être aurais-je dû prendre son message, peut-être aurais-je dû, au moins, vous dire le lendemain matin qu'il avait souhaité vous dire quelque chose dont ni vous ni moi ne saurions jamais rien, mais je n'ai pas pu m'y résoudre, mon capitaine, vous m'avez traité comme un chien, et je ne voulais pas soulager votre souffrance à moins, peut-être, que je n'aie pas voulu vous faire souffrir davantage encore. J'aurais pu continuer à laisser tout cela enfoui au fond d'une cave à Saint-Eugène, pour toujours, mais ma loyauté est incorrigible et, à la vérité, mon capitaine, rien n'est enfoui, je me souviens de tout, je m'en souviens très bien, et j'ai tout emporté avec moi, les vivants et les morts, et c'est pour ça que j'ai dû retourner là-bas, la terre ingrate de mon enfance m'est devenue de plus en plus étrangère, jour après jour, et je n'ai pas menti au chauffeur de taxi en lui disant que son pays était aussi le mien, justement parce que ce n'est plus un pays et qu'il n'existe aucun pays pour les hommes comme moi, ou comme vous, mon capitaine. La veille de mon départ, j'ai invité le chauffeur de taxi à dîner avec moi au restaurant du Saint-George où il n'avait bien sûr jamais mis les pieds. Nous avons bu un digestif sous le jasmin et il jetait des coups d'œil inquiets aux serveurs comme s'il s'attendait à tout moment qu'on le jette dehors. Le lendemain, avant de m'emmener à l'aéroport qui porte le nom d'un de nos ennemis, il m'a emmené prendre le thé chez lui, dans un HLM de Bab-el-Oued. Son salon était encombré de bidons en plastique remplis d'eau sur lesquels sa fille a posé le thé et des assiettes garnies de petits gâteaux qui venaient d'une pâtisserie où il avait dû les payer une fortune. Nous n'avons pas dit grand-chose. La femme du chauffeur de taxi berçait un bébé qui pleurait. Sa fille s'est assise en face de moi et elle m'a regardé en souriant, avec le même regard sérieux et grave que j'avais croisé tant de fois sur cette photo, prise il y a si longtemps, un matin d'été, en Kabylie. Je ne lui ai pas demandé son prénom. Quand je suis parti, elle s'est levée pour m'embrasser. Elle sentait l'eau de Cologne. Et nous avons roulé vers l'aéroport, mon capitaine. Je savais que je ne reviendrais plus. J'ai serré la main au chauffeur de taxi et j'ai laissé derrière moi la décharge d'El-Harrach, la route du bord de mer, à Saint-Eugène, les maisons effondrées de la Casbah, les yeux brillants des loups dans les ténèbres et tous les enfants qui sourient sans savoir pourquoi et très loin au sud, sur la longue route désertique de notre jeunesse cruelle, l'ombre d'une mariée sans nom qui attend sa nuit de noces, entre Taghit et Béchar.

29 MARS 1957 : TROISIÈME JOUR

Jean, II, 24-25

La perfection des gestes est une insulte intolérable. Le pied gauche positionné en arrière, en appui sur le talon, permet au corps de pivoter gracieusement dans un seul mouvement fluide. Le dos est impeccablement droit, les omoplates saillantes comme des lames, la nuque rasée sous la ligne du béret rouge, et le capitaine Degorce voudrait vider le chargeur de son pistolet automatique dans cette nuque détestée. Mais c'est trop tard et il reste assis derrière son bureau, tremblant de honte et de désespoir. La nuit dernière, il était encore temps, mais il était si naïf, la nuit dernière. Il avançait lentement aux côtés de Tahar devant les soldats qui, sur l'ordre de l'adjudant-chef Moreau, venaient de lui présenter les armes et le sentiment délectable du devoir accompli l'emplissait si parfaitement qu'il n'a même pas réagi quand le lieutenant Andreani s'est permis de murmurer, en hochant tristement la tête, "Oh ! André, mon Dieu… André…", il lui semblait que rien de ce que pensait cet homme ne pouvait l'atteindre mais c'est pourtant à ce moment-là qu'il lui aurait fallu sortir son pistolet de son étui et les abattre tous comme des chiens enragés, Horace Andreani, sa petite fouine de séminariste et Belkacem. Mais il n'a rien fait, il n'y a même pas pensé une seconde, bien sûr, car il ne quittait pas Tahar des yeux tandis que Belkacem le poussait brutalement dans la voiture en marmonnant quelque chose en arabe et il aurait aimé que Tahar se retourne une dernière fois vers lui et lui sourie, mais il ne l'a pas fait et le capitaine Degorce a simplement songé que ce n'était pas ainsi qu'ils auraient dû prendre congé l'un de l'autre, même s'ils devaient se revoir un jour, en plein soleil. Et maintenant, pour toujours, il est trop tard. Il dormait du sommeil le plus paisible qui lui ait été accordé depuis longtemps à l'heure où une corde était passée autour du cou de Tahar et les convulsions de son agonie ne l'ont pas réveillé. Au matin, il a bu son café et fumé tranquillement à la fenêtre ouverte sans savoir qu'il était devenu le complice d'un crime qu'il lui serait à jamais impossible d'expier.

(Vous me l'avez pris, Andreani, vous me l'avez pris.)

Comment expierait-il sa naïveté, sa bêtise insondable, l'inanité absolue de ses suppositions optimistes ? Il n'a pas mesuré que l'impudence règne désormais au point qu'un mensonge n'a même plus besoin de se parer des atours de la vraisemblance, il suffit d'affirmer avec un clin d'œil entendu : “Tarik Hadj Nacer s'est donné la mort dans sa cellule”, au mépris de l'évidence, en se souciant d'autant moins d'être cru que la peur abjecte qui s'est emparée des hommes a fini par leur faire aimer le mensonge, oh oui, ils l'aiment et le désirent de toute la force de leurs âmes d'esclaves, mais si l'on y ajoute encore le cynisme le plus éhonté, le plus froid, alors leur adoration ne connaît plus de bornes, et le capitaine Degorce n'a rien mesuré, rien vu, rien compris ; il ne lui reste que la misérable consolation de n'avoir pas voulu cela.

(Mais c'est la faute, non l'excuse : la faute.)

Il voudrait appeler le colonel, lui dire qu'il n'est qu'un assassin indigne, mais il ne peut pas car il est lui aussi un assassin. Il le sait avec certitude : seul compte ce qu'il a fait, non ce qu'il a voulu, et il avance dans les couloirs, la lumière électrique lui blesse les yeux, ses jambes sont lourdes, et quand il a trouvé Moreau, il lui prend le bras et lui dit tout bas en le regardant dans les yeux :

— Il est parti, Moreau. Ils me l'ont pris.

(Je l'ai livré, c'est moi.)

— Venez, mon capitaine, dit Moreau en l'entraînant précipitamment dans la cuisine, venez par ici, asseyez-vous. Vous voulez de l'eau ?

Le capitaine Degorce se laisse tomber sur une chaise.

— Vous savez, n'est-ce pas ? vous savez ce qu'ils ont fait ?

— Oui, mon capitaine. Tout le monde le sait.

Le capitaine Degorce se passe une main sur le visage. Il reprend son calme.

— Ce n'est pas comme ça, Moreau, dit-il tristement, non, ce n'est pas comme ça qu'on fait la guerre. Pas nous.

— Cette guerre est une saloperie, mon capitaine, répond Moreau avec bonhomie. Vous le savez aussi bien que moi.

— Il faut croire que je ne le savais pas.

L'adjudant-chef lui tend un verre d'eau qu'il refuse d'un geste.

— Faites-moi préparer une voiture.

*

Le chauffeur le dépose devant Notre-Dame-d'Afrique. Pendant tout le trajet, il a imaginé la fraîcheur de la basilique, l'odeur d'encens et d'humidité imprégnant le bois du confessionnal et la présence attentive du prêtre, de l'autre côté du grillage mais il reste debout sur les marches du parvis, le béret à la main, il voit le Christ en croix derrière l'autel, les plaques votives, de vieilles dames le saluent d'un signe de tête, et il ne peut pas faire un pas. Il a le sentiment que, s'il avance, une main invisible le chassera et que l'hostie le brûlera comme de l'acide. Dieu ne veut pas de lui. Il remet son béret et s'avance sur l'esplanade. Une brume légère flotte au-dessus de la mer et il entend le bruit des vagues qui se brisent sur les rochers en contrebas, à Saint-Eugène. Tout ce qu'il a négligé d'accomplir ne pourra plus jamais l'être, maintenant, et il en éprouve un terrible chagrin. Au loin, dans la Casbah bouclée, le muezzin appelle à la grande prière du vendredi, quand s'ouvrent les vastes paradis devant l'âme des martyrs, et voilà toute la chance dont parlait Tahar, qui savait bien qu'il devait mourir, le capitaine Degorce le comprend seulement en cet instant, et il est peiné de penser que, le sachant, Tahar ne se soit pas tourné vers lui pour lui sourire une dernière fois. Mais pourquoi aurait-il souri à l'homme qui le livrait à ses bourreaux ?

(Je ne savais pas, Seigneur, je ne savais pas.)

— Rentrons à El-Biar.

La voiture roule dans les rues ensoleillées et il se revoit la nuit précédente, assis près de Tahar, mais il ne reste pas immobile, cette fois, il se lève sans dire un mot, défait ses liens et le prend par le bras, il le conduit dans le dédale des couloirs silencieux jusqu'à la porte ouverte sur la nuit qu'éclaire un mince croissant de lune, et il pousse doucement Tahar vers la clarté de la lune avant de refermer la porte pour jouir de la paix retrouvée. Il pouvait faire cela, il y a quelques heures encore, il le pouvait ; ainsi dut rêver Pilate, le procurateur de Judée, quand l'orage de la crucifixion déchirait déjà le ciel de Jérusalem.

(Et moi-même, je désire le mensonge et je m'y complais. Non, oh, non, je ne l'aurais pas fait, même si j'avais su. Je ne l'aurais pas fait. J'ai le pouvoir, le pouvoir m'écrase, je ne peux rien. Je n'ai pas le droit de demander des comptes. Je n'ai même pas droit aux regrets.)

Dans son bureau, il regarde la photo de Tahar sur l'organigramme, il voudrait murmurer des paroles d'excuse dont l'obscénité le révulse et ses lèvres restent closes. Il est trop tard. Tout est dit. Il prend son courrier. Il n'y a qu'une seule lettre ce matin, de Jeanne-Marie, et il sait qu'il lui sera impossible de l'ouvrir. Il la déchire et jette les morceaux dans la corbeille. Aucune parole de tendresse ne serait supportable. Des nuages dorés passent dans le ciel et il les suit des yeux par la fenêtre. Il a le sentiment que ce sont tous les souvenirs heureux de sa vie qu'il vient de déchirer comme s'il était devenu un homme à qui même les souvenirs heureux sont désormais interdits et il s'affaisse sous le poids d'une épouvantable nostalgie. Les calanques de Piana se dressent dans le soleil couchant et Claudie joue avec Jacques sur la terrasse de l'hôtel mais une teinte jaune et maladive décolore le ciel jusque dans sa mémoire et il n'en retrouvera jamais la clarté limpide.

(Je suis un brouillard, une pourriture douceâtre qui s'insinue partout. C'est moi qui corromps les couleurs de la création. J'instille au monde mon venin et la beauté se détourne de moi.)

Il aimait tant la beauté, d'un amour si plein de ferveur – la beauté sombre des paroles rituelles, l'éclatante beauté des mathématiques qui illuminait ses années d'étude. Au bout de deux semaines de cours, Charles Lézieux l'avait prié de faire quelques pas avec lui, à la sortie du lycée, et il lui avait dit, en longeant les rives du Doubs, l'air presque fâché de lui faire un tel aveu, qu'il était exceptionnellement doué. Et il l'était. La réussite ne lui coûtait aucun effort comme s'il avait développé un sens spécifique, une intuition géométrique infaillible dont l'immense majorité de ses condisciples était dépourvue et qui lui permettait de voir apparaître en pleine lumière, immédiatement, ce que les autres ne découvraient qu'au terme de raisonnements laborieux. Les démonstrations ne lui servaient qu'à confirmer ce qu'il avait pressenti et il prenait soin qu'elles fussent toujours d'une élégance extrême, pures, concises, lumineuses, car il savait que la vérité et la beauté doivent être dévoilées ensemble et ne valent rien l'une sans l'autre. Les mathématiques donnaient accès à un monde éternel, immuable, infini, sans qu'il fût besoin d'attendre le jour du Jugement. Il possédait la clé de ce monde qui le rapprochait de Dieu et il pensait qu'une vie passée à l'explorer serait une vie parfaite. Les grandes écoles d'ingénieurs ne l'intéressaient pas, à la grande satisfaction de Lézieux qui partageait son mépris pour tout ce qui était bassement pratique et lui disait sa certitude, en marchant à ses côtés, de le voir entrer à l'Ecole normale supérieure. Mais l'éternité n'est pas à l'abri de la souffrance du monde. La guerre se poursuivait et André Degorce avait le sentiment de plus en plus impérieux que sa béatitude aveugle était un péché. Quelque chose de mauvais s'était répandu, et cette chose ne se contentait pas de supprimer la vie, il lui fallait encore la rendre honteuse et sale ; bientôt, aucun chemin ne s'élèverait plus jusqu'à la beauté infinie et l'âme des hommes se flétrirait si profondément qu'ils ne pourraient même plus le regretter. Pendant des semaines, il avait parlé de son désir de se rendre utile à Lézieux qui détournait invariablement la conversation sur les travaux de Cantor ou les espaces de Hilbert jusqu'au jour où il lui avait répondu qu'il pouvait lui donner l'occasion d'être utile. Les Alliés venaient de débarquer en Normandie et Lézieux pensait sans doute que son élève serait bientôt à l'abri des représailles. Moins d'un mois plus tard, juste avant que la porte de l'appartement dans lequel ils avaient rendez-vous fût défoncée, le martèlement précipité de pas dans l'escalier glaçait le cœur d'André et, au retour de Buchenwald, une vie consacrée aux mathématiques avait cessé d'être concevable. Il ne s'était jamais senti d'humeur belliqueuse, la discipline ne l'attirait pas et il n'avait aucun goût pour l'action mais la carrière militaire s'imposait à lui avec une absolue nécessité. La possibilité de la beauté devait être préservée, c'est tout ce qui importait, dût-il s'en détourner et renoncer à en jouir lui-même.

(Et voilà ce que j'ai fait de ma vie.)

C'est lui qui monte aujourd'hui l'escalier en courant et le bruit de ses pas malfaisants perpétue la terreur et la mort qu'il a voulu combattre. Il a fait entrer dans le monde tout ce qu'il voulait en chasser. Aucun des buts qu'il a un jour poursuivis ne pourra l'en absoudre. Il est impossible de comprendre ce qu'il s'est passé. Il a tout perdu. Son seul contact avec les mathématiques se résume aux calculs statistiques sordides qui émaillent ses rapports confidentiels. Il a gâché tout ce qui lui a été offert, lassé la miséricorde de Dieu et son âme gît quelque part, très loin derrière lui.

*

Robert Clément a une mine terrible. Il n'a pas dû fermer l'œil de la nuit. Ses yeux sont cernés et brillants. Un petit bouton d'acné a poussé au coin de sa bouche, juste sous la moustache. Il respire très fort. Le capitaine Degorce est surpris qu'une seule nuit l'ait mis dans un tel état. Il sait qu'il va parler bientôt. Il s'accroupit près de lui.

— Vous voyez, les nuits sont difficiles, dit-il et sa voix est exactement la même que la veille, sereine et courtoise, comme si rien ne s'était passé. Si nous mettions un terme à tout cela ?

— Je n'ai rien à vous dire, répond Clément. Combien de fois je vais vous le répéter ?

— Je ne sais pas, moi ! s'étonne le capitaine Degorce. Vous pouvez me le répéter autant que vous voulez ! Je sais que c'est faux, c'est tout ce qui compte.

Il se tourne vers Moreau et Febvay.

— Notre ami n'a pas l'air en forme, n'est-ce pas ? C'est tout de même idiot de s'obstiner comme ça, non ?

— C'est sûr, mon capitaine, c'est sacrément idiot.

Les harkis acquiescent d'un air entendu.

— Vous entendez, monsieur Clément ? Votre attitude fait l'unanimité, on dirait. Vous ne comprenez pas que vous allez vous lasser avant nous ?

Clément baisse les yeux, un instant, avant de faire un signe au capitaine Degorce qui se penche vers lui. Clément lui crache une nouvelle fois au visage.

— Non, je ne me lasserai pas. Tant que je peux cracher à la gueule d'une pourriture fasciste comme vous.

Le capitaine Degorce a fait une erreur. Tout ce qu'il a pris pour de la fatigue et du désespoir n'était que de la haine, une haine terrible qui s'est encore nourrie d'une nuit de solitude et d'insomnie. Il s'essuie le visage avec un mouchoir et va prendre un verre d'eau. Son cœur bat à toute allure. Le mot de fasciste est insupportable. Il repense à Tahar, il imagine son cadavre froid, le rictus affreux de la pendaison et Clément est là, bien vivant, en train de le regarder avec hauteur, Clément qui usurpe des souffrances qui ne sont pas les siennes et s'imagine que sa trahison fait de lui un héros. L'esprit de Clément est un monolithe, une citadelle imprenable protégée par des murs de certitudes. Il ne parlera pas.

(Enfant de putain.)

Le bruit du verre qui se brise fait sursauter les soldats. Le capitaine Degorce vient de le lancer contre le mur sans dire un mot et il avance vers Clément qu'il attrape par le col avant de lui mettre un coup de tête. Le capitaine le détache de sa chaise et le jette en travers de la table, il lui cogne la tête contre le bois épais, à plusieurs reprises, Clément se met à gémir, du sang coule de son nez cassé, le capitaine lui arrache les boutons de son pantalon qu'il commence à faire glisser le long de ses jambes. Clément essaie de se défendre, il rue violemment, décollant ses reins de la table, mais le capitaine lui enfonce son coude dans le ventre, en pesant de tout son poids, et Clément se met à vomir. Un harki lui plaque les épaules contre la table pendant que le capitaine Degorce finit d'enlever le pantalon et déchire le slip. Puis il passe les mains sous les genoux de Clément et lui rabat les jambes sur la poitrine, dans la position d'un bébé qu'on lange.

— Febvay, votre couteau. Tenez-lui les jambes.

D'une main, le capitaine Degorce empoigne les organes génitaux de Clément et les rabat sur son ventre. Il applique doucement la pointe glacée du poignard contre son anus. Clément pousse un bref cri aigu. Le capitaine fait pénétrer la lame d'un demi-centimètre, jusqu'à ce qu'un mince filet de sang chaud coule entre les fesses blanches. Clément hurle.

— Tu n'as rien, tu entends ? dit le capitaine d'une voix rauque et sifflante. Tu n'as rien, espèce de saloperie ! Il faut juste que tu te détendes parce que sinon c'est toi qui vas te faire mal. Tu peux te détendre, tu crois ? Détends-toi !

Quelque part, des digues invisibles ont été arrachées par la sauvagerie d'un torrent furieux, jaillissant d'un abîme sans fond, le torrent court, il est souverain, rien ne peut l'arrêter, il emporte la douleur, les tourments et les doutes, et le capitaine Degorce s'abandonne avec délices à la puissance qui le traverse et le délivre, un voile est tombé sur ses yeux, il sent son cœur battre à tout rompre dans chaque partie de son corps aux aguets, au bord de ses lèvres, dans son ventre, sur le bout de ses doigts, dans la paume de la main qui tient le poignard vibrant, et il se penche sur Clément pour respirer l'odeur enivrante et douce de sa peur. La haine a disparu. Le capitaine Degorce lui a volé d'un seul coup toute la haine qui l'animait et le faisait tenir debout, et maintenant, il la lui recrache au visage et le regarde s'écrouler avec un plaisir indicible.

— Détends-toi, répète-t-il à mi-voix, détends-toi.

Clément essaie de maîtriser sa respiration et les contractions involontaires de ses muscles. Il ferme les yeux en gémissant. Ses membres tremblent.

— Là, là, là, dit le capitaine Degorce comme s'il berçait un enfant.

Clément est immobile. Des larmes coulent de ses paupières et il renifle bruyamment.

— Je ne sais pas dans quel état tu vas finir l'interrogatoire. Ça dépend de toi. Je vais te poser des questions. Pas beaucoup. Si tu ne réponds pas ou si tu réponds quelque chose qui ne me plaît pas, j'enfonce un peu le poignard, tu comprends ? Je l'enfonce comme ça.

Il fait pénétrer la lame d'un demi-centimètre supplémentaire. Clément ouvre des yeux déments et se met à pousser des hurlements suraigus. Tout son corps se contracte et il hurle encore plus fort. Le harki pèse sur ses épaules et Febvay est presque allongé en travers de ses jambes.

— Là, là, là…

Une douce berceuse. Febvay a les yeux mi-clos. Le bout de sa langue rose pointe entre ses lèvres.

— Je veux que tu comprennes que je ne plaisante plus, dit le capitaine Degorce quand Clément s'est à nouveau maîtrisé. On commence.

Clément donne les noms. Deux Algériens et deux militants communistes français, un garagiste et un instituteur. Le capitaine Degorce retire le poignard et l'approche des yeux de Clément.

— Un centimètre, tu vois. A peine un centimètre. Tu ne vaux vraiment rien, tu sais. Rien de rien. Tu aurais mieux fait de m'écouter. C'est si facile de remettre les choses à leur place, tu vois.

Il se tourne vers Moreau.

— Allez me chercher ces types, Moreau, et faites-les-moi parler. Les Français comme les autres. Plus que les autres, les salauds. Vous avez compris ? Je me fous de la publicité. Et n'oubliez pas de bien leur dire qui nous a balancé leurs noms.

Clément sanglote. Le capitaine Degorce le considère avec dégoût. Et il reconnaît le même dégoût dans les yeux de Febvay, ceux de Moreau et des harkis, et l'admiration, la lueur trouble de la connivence. Il y a de la salive et du sang sur la table. Clément s'est tourné sur le côté, la tête enfouie dans le creux de ses bras. Son sexe rabougri pend bêtement vers la table sous la toison du pubis. Il a un gros grain de beauté brun à côté du nombril. Les jambes maigres, parsemées de poils roux, tremblent convulsivement. Ses pieds sont très blancs et délicats, des pieds de jeune fille, mais les ongles sont trop longs, irréguliers, et celui d'un des petits orteils est opaque, presque noir. La crue est passée. Il ne reste que les ruines d'un paysage désolé et, au milieu des ruines, le corps de Clément, ce corps mystérieux et répugnant de victime. Le capitaine Degorce a la nausée.

— Apprenez-leur à vivre, Moreau, dit-il quand même.

*

Il a complété l'organigramme, discuté au téléphone avec le colonel et acquiescé respectueusement à tous ses mensonges. Tout désir de révolte l'a quitté. Il s'est résigné à son infamie et il ne veut plus qu'une seule chose : en avoir fini au plus vite avec la mission qui le retient ici. Il ne sait pas ce qui l'attend après mais tout lui est indifférent. Il avance dans les couloirs, passe d'une salle d'interrogatoire à une autre, ses yeux s'arrêtent à peine sur le visage des Arabes, sur celui du garagiste et de l'instituteur, leur expression ne compte pas, elle ne veut rien dire. Ces visages sont des masques de comédie que la douleur fera éclater en morceaux. Une longue plainte s'élève quelque part dans le bâtiment.

— *Tahar, ia Tahar !*

Une autre voix répond :

— *Tahar, ia Tahar ! Allah irahmek !*

Une autre voix crie à son tour :

— *Allah irham ech-chuhada !*

— Qu'est-ce qu'ils disent ? demande le capitaine Degorce.

— Ils savent pour Hadj Nacer, répond un harki. Ils disent que Dieu ait son âme.

— Comment savent-ils ?

Moreau écarte les mains dans un geste d'impuissance.

— Faites-les taire, ordonne le capitaine Degorce. Je ne veux plus les entendre.

Il s'isole pour fumer une cigarette. Il y a d'abord des bruits de portes qui s'ouvrent à la volée et puis des cris et enfin le silence. L'après-midi n'en finit pas. Le vent pousse devant lui un ciel d'hiver chargé de pluie. Le soleil sèche les trottoirs mouillés. Et c'est la même monotonie, le même vide. L'essentiel a été révélé et il ne se passera rien de nouveau. A quatre pattes dans son bureau, il récupère au fond de la corbeille les morceaux déchirés de la lettre de Jeanne-Marie. Il essaie de la reconstituer patiemment et quand il a terminé, le crépuscule est tombé. Il ne sait pas s'il ne s'agissait que de faire passer le temps ou s'il est encore incapable de se résigner à la solitude. Les mots qui le font souffrir l'aident à se sentir vivant.

"Mon enfant, mon aimé, André, pas de nouvelles aujourd'hui. Je n'ai pas envie de te parler des enfants et des petites choses de notre vie loin de toi. Il fait nuit et tu es si loin. Si je ne te connaissais pas, je pourrais croire que tu ne nous aimes plus. Tes lettres sont si courtes et si froides. Mais je te connais, je connais la pureté de ton âme, ton honnêteté, et je ne peux pas le croire. Alors je sais que tu souffres et que tu ne veux pas en parler."

(Mais je n'ai plus d'âme.)

Une déchirure rend le début de la phrase suivante illisible.

"... pour tout ce qui te tourmente. Et donc, j'attendrai le temps qu'il faudra et tu partageras ta peine avec moi. Je suis presque vieille mais il n'y a rien que je ne puisse entendre de toi, c'est l'avantage d'être marié à une vieille femme ! Si tu veux continuer à porter seul un poids trop lourd pour toi, fais-le, André, si c'est nécessaire, mais n'oublie pas que je suis là pour en porter ma part et que tu peux me parler quand tu le veux. La distance rend tout plus difficile, mon petit, mais je suis certaine que quand tu seras près de moi il te sera facile de me parler, et même je sais que tu en auras besoin. En attendant, s'il te plaît, dis-moi au moins que je ne me trompe pas, je sais que je ne me trompe pas, mais je voudrais que tu me l'écrives, sans autre précision, si tu veux, mais écris-le parce que je passe des nuits difficiles. Oh, je ne te reproche rien, André, je te demande une faveur. Et moi je continuerai à te parler de pêche et du printemps merveilleux que nous avons ici, je te donnerai tous les détails, le parfum du maquis en fleurs, les jeux des enfants, leurs caprices de mauvaises petites personnes et leur bonté, nos promenades en famille, je continuerai pour que tu saches que nous sommes tous là, qu'il y a une place dans nos cœurs où tu demeures pour toujours et où rien n'a changé, je ne te demanderai plus rien et j'attendrai que tu sois prêt à…"

— Mon capitaine, il faut que vous veniez tout de suite.

*

Robert Clément est allongé sur le côté, par terre dans sa cellule, le bas de son corps nu enveloppé dans une couverture militaire. Ses bras sont serrés contre sa poitrine, noirs de sang séché. Il y a aussi du sang sur le carrelage, tout autour de lui, une flaque immense qui s'étale vers les murs et disparaît sous la paillasse. Un pied s'échappe de la couverture, et sa blancheur laiteuse est comme une tache de lumière dans l'obscurité. L'adjudant-chef Moreau trempe une éponge dans un seau d'eau et nettoie doucement les bras de Clément sur lesquels apparaissent les sillons de coupures profondes et irrégulières qui déchirent la peau livide. Le capitaine Degorce s'accroupit près de Moreau et lui prend l'éponge des mains. Il la presse pour en faire sortir le sang et la nettoie jusqu'à ce que l'eau qui s'en écoule soit parfaitement limpide et pure. Il renverse Clément sur le dos et soulève délicatement sa tête que le sang fait adhérer au sol. Il passe l'éponge sur le visage, dans les cheveux, sur les yeux ouverts qui ne veulent pas se fermer. Le bouton d'acné est toujours là, sous la moustache ridicule. Ses lèvres serrées sont presque bleues.

— Comment s'est-il fait ça ? demande le capitaine Degorce.

— J'en sais rien, mon capitaine, répond Moreau. Je ne comprends pas.

Près du corps, collé dans le sang, un soldat trouve un morceau de plastique noir incurvé, long d'une dizaine de centimètres et grossièrement affûté, qu'il tend au capitaine Degorce. Clément a dû le frotter longtemps contre les murs de sa cellule. En un sens, sa détermination était intacte. Elle s'était simplement concentrée tout entière sur un autre objectif.

— Où a-t-il trouvé ça ? Qu'est-ce que c'est ?

— J'en sais rien, mon capitaine, répète Moreau.

— On dirait un morceau de l'abattant des chiottes, mon capitaine, remarque un soldat. Vous voulez que je vérifie ?

Le capitaine secoue la tête en silence.

— Je ne sais pas quand on a merdé, mon capitaine, dit Moreau d'une voix accablée.

— Je ne vous en veux pas, Moreau, dit le capitaine. On a tous merdé, comme vous dites, et je ne sais pas si c'est important de savoir quand.

Le capitaine Degorce essaie encore de fermer les yeux de Clément, en vain. Il se redresse lentement.

Il regarde ses chaussures pleines de sang qui se décollent du sol avec un bruit de ventouse.

— Nettoyez-moi la cellule, dit-il. Et finissez de laver ce garçon.

Il regarde encore Clément, la blancheur laiteuse de sa peau, ses yeux ouverts qui ne voient plus rien.

— Suivez-moi, Moreau.

Dans son bureau, il pose un dossier sur la lettre déchirée de Jeanne-Marie.

— Robert Clément a été libéré ce matin après avoir été entendu, dit-il à Moreau en prononçant soigneusement chaque mot. Cette nuit, vous prendrez son corps et vous le ferez disparaître, je ne veux pas savoir comment, je veux juste être assuré qu'on ne le retrouvera jamais. Vous m'avez compris ?

— Oui, mon capitaine, acquiesce Moreau. Mais vous savez, poursuit-il au bout d'un moment, personne ne croira jamais qu'on l'a libéré et qu'il s'est volatilisé comme ça.

Le capitaine hausse les épaules.

— Quelle importance, Moreau, ce qu'on croira ou pas ? Quelle importance ?

Le capitaine Degorce baisse la tête et se masse les tempes du bout des doigts.

— Et maintenant, laissez-moi seul, je vous prie.

*

En tout homme se perpétue la mémoire de l'humanité entière. Et l'immensité de tout ce qu'il y a à savoir, chacun le sait déjà. C'est pourquoi il n'y aura pas de pardon. Le capitaine André Degorce est allé chercher la Bible dans sa chambre. Il en caresse la couverture usée. Il y a une phrase terrible, quelque part dans l'Evangile de Jean, qu'il a besoin de lire et il lit : "Mais Jésus pour sa part ne se fiait pas à eux, car il les connaissait tous. Il n'avait pas besoin de témoignage sur l'homme, car il savait ce qu'il y a dans l'homme." Il prend du papier à lettres et regarde la feuille blanche sans rien écrire.

(Une voix m'est rendue, Jeanne-Marie, mais que puis-je en faire ? Il y a longtemps que je suis la proie du mensonge. Je sais ce qu'il y a dans l'homme, je l'ai vu tant de fois et jamais je ne l'ai dit. C'est ainsi que j'ai continué à vivre. Aux familles de tous mes camarades morts en détention à mes côtés, je n'ai jamais écrit qu'un tissu de mensonges. Je parlais de courage, de sacrifice, de fierté. J'aurais dû leur dire : votre époux est mort à cause de moi, votre frère est mort à cause de moi, ou votre fils. Je n'ai pas pu les sauver. Je ne l'ai pas voulu. Ils sont morts parce qu'ils ont vu des hommes accepter de vivre comme des insectes, des hommes comme moi. Ils sont morts parce qu'ils n'ont pas pu s'y résoudre, et parce qu'en nous regardant, moi et mes semblables, ils se sont demandé : à quoi bon vivre ? Là où nous étions, Jeanne-Marie, personne ne pouvait se poser cette question et vivre. Bien sûr, Jeanne-Marie, quelqu'un demeure à l'abri de ton cœur aimant, là où rien ne peut l'atteindre, et aussi dans le cœur des enfants, mais ce n'est pas moi. Moi, je n'ai pas de demeure, pas même en enfer. Mes bras qui se tendent vers vous devraient tomber en cendres. Les pages du Livre saint devraient brûler mes yeux. Si vous pouviez voir ce que je suis, vous vous voileriez la face et Claudie se détournerait de moi avec horreur. C'est ainsi. Quelque chose surgit de l'homme, quelque chose de hideux, qui n'est pas humain, et c'est pourtant l'essence de l'homme, sa vérité profonde. Tout le reste n'est que mensonge. Jeanne-Marie, le printemps est un mensonge, le ciel n'est pas bleu et, aujourd'hui encore, j'ai tué un

enfant et j'ai tué mon frère. L'amour immérité pèse d'un poids mortel. Comment pourrais-je te le dire ? Une voix m'est rendue pour le silence et pour la nuit. Une voix m'est rendue pour les morts qui ne peuvent plus l'entendre.)

— Mon capitaine, les hommes d'Andreani sont là.

— Dites à Moreau de s'occuper de leur remettre les prisonniers. J'ai à faire. Donnez-lui la liste.

Par la fenêtre, il regarde le croissant de lune brillant dans un ciel rempli d'étoiles. Il a le sentiment d'accomplir un rite sans âge. A Jérusalem, l'orage de la crucifixion est passé et, sur la terrasse de son palais, le procurateur de Judée lève vers la même lune ses yeux voilés de nostalgie. La lourde pierre des sépultures s'est refermée sur le corps des suppliciés et le silence de la nuit ne leur fait plus peur.

(Combien possède-t-il de visages, Jeanne-Marie ? Est-ce son plaisir de n'être pas reconnu pour que nous soyons fourvoyés et nous détournions de lui en croyant le chercher ? Est-il mauvais ? Se réjouit-il de nous voir tomber ? Est-ce ainsi qu'il rétribue notre faiblesse et notre amour ? Son corps est laid. Aucune majesté n'en émane. Il ne resplendit pas. Ses blessures sont affreuses et elles n'inspirent pas de compassion. Il a l'air d'un criminel que la justice a brisé. Personne ne pleure sur lui. Celui qui ne peut retenir ses larmes en le voyant est sauvé mais personne ne pleure. Tu vois, je ne pleure pas. La logique implacable fortifie mon esprit et la logique ne me sert à rien, elle se retourne comme un gant, et toutes les raisons innombrables qui m'ont fait accepter son supplice et lever la main sur lui n'ont pas plus de consistance que la brume. Et j'ai levé la main sur lui, Jeanne-Marie, à plusieurs reprises, et je ne l'ai pas reconnu, le pouvoir et la logique ont armé ma main, lui ont donné sa force mais cette main est

retombée, impuissante et morte, et je ne peux plus faire qu'elle ne se soit jamais levée. Mais lui, Jeanne-Marie, lui qui peut tout ? Ne pourrait-il pas faire aussi qu'elle ne se soit jamais levée ? Ne pourrait-il pas faire que j'aie répudié mon esprit et non lui ? Car, maintenant, j'ai appris et je sais. S'il m'était donné de le croiser à nouveau, je le reconnaîtrais, quel que soit son visage, je le reconnaîtrais et je saurais quoi faire. Car j'ai aussi appris que le mal n'est pas l'opposé du bien : les frontières du bien et du mal sont brouillées, ils se mêlent l'un à l'autre et deviennent indiscernables dans la morne grisaille qui recouvre tout et c'est cela, le mal. Et j'ai appris que l'esprit de la logique exsangue ne peut rien sans le secours de l'âme, il ne peut qu'errer sans fin dans la brume grise, perdu entre le bien et le mal, et moi, Jeanne-Marie, j'ai laissé mon âme quelque part derrière moi, je ne me rappelle ni où ni quand. A quoi me sert de savoir s'il ne me laisse pas revenir en arrière ? Et que pourrais-je faire d'autre que m'enfoncer toujours plus loin sur le chemin qui m'éloigne de lui et de vous ? Je voudrais qu'il me ramène à l'aube de ce jour qui s'est effacé de ma mémoire et que lui seul connaît. En vérité, si la colère pouvait encore signifier quelque chose pour moi, je serais tellement en colère contre lui. Pourquoi m'a-t-il laissé gâcher ainsi tout l'amour que je portais en moi ? Pourquoi m'a-t-il laissé me rendre indigne du vôtre ? Mais lui ne me fait même pas la grâce de sa colère, Jeanne-Marie, je suis un animal qui gémit, si froid que je n'éprouve même plus la douleur qui me fait gémir, et bien que je sache que j'ai perdu depuis longtemps le droit de le prier, je le prie quand même. Je voudrais seulement qu'il me permette de revenir, ne serait-ce qu'un instant, où j'ai laissé mon âme.)

Mais tout s'éloigne si vite – le visage de Tahar, souriant sous la douce brise qui agite les boucles noires de ses cheveux, à Taghit ou Timimoun, et les échos du rire de Claudie sur la plage de Piana. Le capitaine André Degorce retourne s'asseoir à son bureau. Il écrit une seule longue phrase, un gribouillis illisible dans lequel il met tout son amour.

Oh, non, mon capitaine, je ne vous oublierai pas et vous non plus, je le sais, vous ne pourrez pas m'oublier car j'ai lu quelque part, je m'en souviens très bien, qu'on doit partager pour toujours le sort de ceux qui nous ont aimés et l'amour que je vous ai porté est peut-être plus pur et plus fidèle que celui dont vous ont entouré vos parents, votre épouse et vos enfants, et tous ceux qui ont cru vous aimer. Votre mépris n'importe pas plus que le mien, mon capitaine, il est sans pouvoir contre la force de cet amour que je n'ai jamais réussi à extirper de mon cœur auquel il s'est accroché comme une mauvaise herbe pleine de vie, et je sais maintenant que rien ne l'effacera jamais. Vous ne pouvez pas savoir combien il me serait plus facile d'être simplement votre ennemi plutôt que de subir la tyrannie de l'amour qui me lie à vous. Je comprends que vous n'en vouliez pas, qu'il vous fasse horreur, mais rappelez-vous, mon capitaine, que je ne l'ai pas choisi non plus et, si vous êtes encore capable d'honnêteté, vous devez bien admettre qu'à part moi personne n'a aimé l'homme que vous êtes réellement car, en vérité, personne ne vous a connu à part moi. Vous le savez bien, ni votre épouse, ni le garçon que vous avez élevé, ni la fille que vous avez si inconsidérément engendrée ne vous connaissent et je suis sûr que vous vous êtes souvent demandé ce qu'il resterait de leur amour s'ils pouvaient entrevoir, ne serait-ce qu'une seconde, l'homme que vous êtes réellement et que vous vous êtes ingénié à leur dissimuler pendant toutes ces années en ayant constamment peur qu'ils ne finissent quand même par le découvrir et je jurerais, mon capitaine, que vous avez préféré vivre dans la peur et le silence plutôt que de vous risquer à affronter la fragilité de leur amour. Mais moi, je vous connais, mon capitaine, je connais votre lâcheté incommensurable, je connais le goût des rancœurs qui vous brûlent la bouche, et vos errements, vos mensonges, je connais l'immensité de votre faiblesse, votre soif inextinguible de châtiment, je connais vos remords parce que je suis votre frère, rappelez-vous, nous avons été engendrés par la même bataille, sous les pluies de la mousson, et jamais je n'ai cessé de vous aimer comme un frère. Oh, je connais vos rêves secrets, mon capitaine, je les connais si bien que j'ai l'impression, certaines nuits, de vous sentir rêver en moi, à moins que ce ne soit moi qui me glisse à vos côtés dans le rêve où nous avons été emportés très loin de la terre ingrate de mon enfance, cette terre qui n'est plus la mienne et n'a jamais été la vôtre, et nous marchons tous les deux le long d'une route désertique, entre Taghit et Béchar, sous la lumière d'un croissant de lune tout jaune suspendu comme un lampadaire dans un ciel sans étoiles, nous marchons au milieu d'objets à moitié recouverts par le sable, qui jonchent le sol à perte de vue autour de nous, des escarpins aux talons cassés, des robes déchirées dont le vent du désert a effacé les couleurs et arraché les broderies de fil d'or, une darbouka crevée, un oud sans cordes, des grappes de bijoux noircis, des coffrets de henné et de khôl, des culottes de satin et des morceaux de vaisselle, des breloques porte-bonheur, tout un trousseau qui s'est lentement pétrifié dans le silence de ma mémoire depuis que celle qui l'a assemblé est tombée en poussière, il y a une éternité, mon capitaine, et le vent qui souffle encore si fort n'en fait même plus frémir les reliques exsangues. Vous regardez autour de vous mais aucun de ceux que vous cherchez n'est là, aucune petite fille ne joue dans le sable, aucun petit garçon, votre épouse ne vous attend plus nulle part, et l'homme que vous avez espéré revoir toute votre vie ne viendra pas vers vous et vous essayez de crier son nom dans la nuit mais vous n'avez pas de voix et personne ne peut vous entendre. Il n'y a que moi, mon capitaine, et tout près de nous, au pied d'une dune, un petit dromadaire qui appelle inlassablement sa mère en tendant le cou sous la lune mais qui ne peut pas nous voir car une main pleine de compassion l'a aveuglé afin que nos yeux de loups luisant dans les ténèbres n'effraient plus jamais personne. Vous essayez de me fuir, mon capitaine, mais la puissance impérissable de mon amour m'enchaîne à vous et vous n'y parvenez pas, vos courses vaines ne vous ont jamais mené nulle part, mon capitaine, et vous avez beau courir à perdre haleine, je suis toujours là, et chaque robe en haillons, le dromadaire et la darbouka, chaque brin d'herbe, chaque fragment de corail et d'argent est comme l'un des centres infinis du cercle inconcevable à la circonférence duquel vous vous obstinez à courir pour rien, mon capitaine, car si longtemps que vous couriez, vous n'arriverez pas à Taghit, vous ne saurez jamais si quelqu'un vous attend dans la fraîcheur de la palmeraie, au pied des murailles de terre, pour vous dire enfin, en plein soleil, les mots que je ne lui ai pas permis de prononcer dans l'obscurité d'une cave, au cours d'une nuit de printemps, il y a une éternité, et quand vous l'avez compris, vous vous laissez tomber à genoux dans la poussière de la longue route désertique et vous levez des yeux suppliants vers la lune. Dans ce rêve qui est aussi le vôtre, mon capitaine, c'est l'heure où je m'approche de vous pour vous serrer contre mon cœur comme un frère. Vous ne me repoussez plus, vous vous laissez aller contre moi, secoué de sanglots silencieux, et je suis si heureux, mon capitaine, parce que j'ai compris que notre rêve ne nous libérerait jamais. Nous ne nous quitterons pas. Et c'est l'heure où je me penche doucement vers vous pour murmurer à votre oreille que nous sommes arrivés en enfer, mon capitaine – et que vous êtes exaucé.

TABLE

BABEL

Extrait du catalogue

1233. HÉLÈNE GAUDY
Si rien ne bouge

1234. RÉGINE DETAMBEL
Opéra sérieux

1235. ÉRIC VUILLARD
La Bataille d'Occident

1236. ANNE DELAFLOTTE MEHDEVI
Fugue

1237. ALEX CAPUS
Léon et Louise

1238. CLAUDIA PIÑEIRO
Les Veuves du jeudi

1239. MIEKO KAWAKAMI
Seins et Œufs

1240. HENRY BAUCHAU
L'Enfant rieur

1241. CLAUDE PUJADE-RENAUD
Dans l'ombre de la lumière

1242. LYNDA RUTLEDGE
Le Dernier Vide-Grenier de Faith Bass Darling

1243. FABIENNE JUHEL
La Verticale de la lune

1244. W. G. SEBALD
De la destruction

1245. HENRI, JEAN-LOUIS ET PASCAL PUJOL
Question(s) cancer

1246. JOËL POMMERAT
Le Petit Chaperon rouge

OUVRAGE RÉALISÉ
PAR L'ATELIER GRAPHIQUE ACTES SUD
REPRODUIT ET ACHEVÉ D'IMPRIMER
EN SEPTEMBRE 2015
PAR NORMANDIE ROTO IMPRESSION S.A.S.
À LONRAI
POUR LE COMPTE DES ÉDITIONS
ACTES SUD
LE MÉJAN
PLACE NINA-BERBEROVA
13200 ARLES

DÉPÔT LÉGAL
1re ÉDITION : MAI 2014
N° d'impression : 1504348
(Imprimé en France)